倪匡奇情作品集

木蘭花傳奇 13

黃金劫

（含：黃金柱、血影）

倪匡 著

目錄

黃金柱

血影

【總序】

木蘭花VS.衛斯理——倪匡奇幻系列的兩大巔峰

秦懷玉

對所有的倪匡小說迷來說，《衛斯理傳奇》無疑是他最成功、也最膾炙人口的作品了，然而，卻鮮有讀者知道，早在《衛斯理傳奇》之前，倪匡就已經創造了一個以女性為主角的系列奇情故事，甫出版即造成大轟動，《木蘭花傳奇》遂成為倪匡眾多著作中最具特色與最受讀者喜愛的兩大系列之一；只因衛斯理的魅力太過強大，使得《木蘭花傳奇》的光芒被掩蓋，長此以往被讀者忽視的情形下，漸漸成了遺珠。

有鑑於此，時值倪匡仙逝週年之際，本社特別重新揭刊此一系列，希望藉由新的編排與介紹，使喜愛倪匡的讀者也能好好認識她。

《木蘭花傳奇》是倪匡以筆名「魏力」所寫的動作小說系列。原載於香港新報及《武俠世界》雜誌，內容主要是以黑女俠木蘭花、堂妹穆秀珍及花花公子高翔三人所組成的「東方三俠」為主體，專門對抗惡人及神秘組織，他們先後打敗了號稱「世界上最危險的犯罪集團」的黑龍黨、超人集團、紅衫俱樂部、赤魔團、暗殺黨、黑手黨、血影掌，及暹羅鬥魚貝泰主持的犯罪組織等等，更曾和各國特務周旋、鬥法。

如果說衛斯理是世界上遇過最多奇事的人，那麼打擊犯罪集團次數最高的，即非東方三俠莫屬了。書中主角木蘭花是個兼具美貌與頭腦的現代奇女子，在柔道和空手道上有著極高的造詣，正義感十足，她的生活多采多姿，充滿了各類型的挑戰；她的最佳搭檔：堂妹穆秀珍，則是潛泳高手，亦好打抱不平，兩人一搭一唱，配合無間，一同冒險犯難；再加上英俊瀟灑，堪稱是神隊友的高翔，三人出生入死，破獲無數連各國警界都頭痛不已的大案。

若是以衛斯理打敗黑手黨及胡克黨就得到國際刑警的特殊證明文件的標準來看，木蘭花在國際刑警的地位，其實應該更高。

相較於《衛斯理傳奇》，《木蘭花傳奇》是入世的，在滾滾紅塵中演出令人目眩神搖的傳奇事蹟。衛斯理的日常儼然是跟外星人打交道，遊走於地球和外太空之間，事蹟總是跟外星人脫不了干係；木蘭花則是繞著全世界的黑幫罪犯跑，哪裡有犯罪者，哪裡就有她的身影！可說是地球上所有犯罪者的剋星！

而《木蘭花傳奇》中所啟用的各種道具，例如死光錶、隱形人等等，一如倪匡慣有的風格，皆是最先進的高科技產物，令讀者看得目不暇給，更不得不佩服倪匡驚人的想像力。

尤其，木蘭花等人的足跡遍及天下，包括南美利馬高原、喜馬拉雅山冰川、北極、海底古城、獵頭族居住的原始森林、神秘的達華拉宮及偏遠隱密的蠻荒地區等，讀者彷彿也隨著木蘭花去各處探險一般，緊張又刺激。

《衛斯理傳奇》與《木蘭花傳奇》兩系列由於歷年來深受讀者喜愛，書中主要角色逐漸由個人發展為「家族」型態，分枝關係的人物圖越顯豐富，好比《衛斯理傳奇》中的白素、溫寶裕、白老大、胡說等人，或是《木蘭花傳奇》中的「天使俠女」安妮和雲四風、雲五風等。倪匡曾經說過他塑造的十個最喜歡的小說人物，有三個在木蘭花系列中。白素和木蘭花更成為倪匡筆下最經典傳奇的兩位女主角。

在當年放眼皆是以男性為主流的奇情冒險故事中，倪匡的《木蘭花傳奇》可謂是開創了另一番令人耳目一新的寫作風貌，打破過去女性只能擔任花瓶角色的傳統窠臼，以及美女永遠是「波大無腦」的刻板印象，完美塑造了一個女版〇〇七的形象。猶如時下好萊塢電影「神力女超人」、「黑寡婦」等漫威女英雄般，女性不再是荏弱無助的男人附庸，反而更能以其細膩的觀察力及敏銳的第六感，來解決各種棘手的難題，也再一次印證了倪匡與眾不同的眼光與新潮先進的思想，實非常人所能及。

《女黑俠木蘭花傳奇》共有六十個精彩的冒險故事，也是倪匡作品中數量第二多的系列。每本內容皆是獨立的單元，但又前後互有呼應，為了讓讀者能更方便快速地欣賞，新策畫的《木蘭花傳奇》每本皆包含兩個故事，共三十本刊完。讀者必定能從書中感受到東方三俠的聰明機智與出神入化的神奇經歷，從而膾炙人口，成為讀者心目中華人世界無人能敵的女俠英雌。

黃金柱

1 預謀事件

市立藝術院的兩廊，一直是未成名藝術家展出他們作品的好地方，左廊，是供雕塑作品展出的，而右廊，則是畫展的舉行處。

如今世界上，未成名的藝術家之多，是雖以勝數的，即使是市立藝術院的兩廊中，也很少有空閒的時候，這兩條走廊，每一條都有五百呎長，二十呎寬，每隔二十呎，是一條大柱，是以每一位藝術家展出他作品的範圍，也只是在兩根大柱之間的二十呎地方。

未成名的藝術家，只不過是未成名而已，他的作品並不一定是不具藝術性的，所以，對於這個經常有五十位藝術家在展出他們作品的地方，木蘭花倒是常來的。

木蘭花也不時購買一些展出的藝術品，但是大多數是揀定價較低的，因為她不明白，同是一堆爛鐵，或者同是顏料的堆砌，為什麼有的要兩千元，而有的只要二百元就夠了。

那一天，是入冬以來，天氣最冷的一天，西北風吹來，若是只穿普通的衣服，會使人有瑟縮的感覺，是以畫廊中也比往日冷清得多。

木蘭花沿著畫廊，慢慢地向前走著。

她在一幅油畫之前停了下來，那幅油畫全是腥紅的顏料，全幅都是，木蘭花皺了皺眉，她看到一個若不是留著鬍髭，絕分不出他是男是女的人，站在旁邊，她順口問道：「這幅畫，象徵什麼？」

那看來像是畫家的人，卻笑了一笑，道：「那要問牠！」他指著的是一頭猴子，那猴子原先蹲在地上，木蘭花未曾注意到。那人得意洋洋地道：「因為這幅畫，是牠的偉大創作！」

由於那人的態度是如此之正經，是以木蘭花倒也不敢嘲笑他，點了點頭，道：「原來如此，我想，這是人類無法瞭解的一幅畫！」

那是猴子「畫」出來的東西，人類當然是無法瞭解的，木蘭花的話並沒有說錯，但是那位藝術家卻大是高興，道：「你說得對，你說得對！」

木蘭花保持著微笑，向前繼續走了出去，不一會，她已來到了畫廊的盡頭了。畫廊的盡頭，便是雕塑廊的開始。

木蘭花一眼便看到了一大堆用生了鏽的雨傘骨堆成的東西，這種東西如果也是藝術品，那麼收破爛的人全是藝術家了！

木蘭花暗中搖了搖頭，可是她卻發現有一個人，就站在那堆雨傘骨面前，聚精會神地在欣賞著。木蘭花只向他看了一眼，便覺得那人的背影十分眼熟。

她呆了一呆，接著，便肯定了那是高翔！

恰好在這時候，那人也轉過身來，他的臉貌，雖是經過化裝的，但是木蘭花仍然毫無疑問地可以肯定，他正是高翔！

高翔絕不是欣賞這類「藝術品」的人，而且，就算他的目的是欣賞藝術品，他也絕不會化裝前來的，那麼，可知他是另有任務的了！

當高翔和木蘭花兩人的目光相接觸時，他苦笑了一下，向木蘭花走了過來，木蘭花低聲道：「高翔，你在這裡幹什麼？」

「到院長的辦公室去等我。」高翔低聲回答。

他一面講，一面又走了開去。

木蘭花笑著點了點頭，她仍然用不急不徐的步子，走完了雕塑廊，然後，轉進了藝術院，到了二樓的院長辦公室門前。

她在辦公室的門上，輕輕敲了兩下，門便打開了。

高翔早已在辦公室等她了，辦公室中除了高翔之外，還有幾個高級警官，坐在辦公桌後面的，則是一位禿了頂的老者。

那是亞洲著名的雕塑家柳開元，也是藝術院的院長。

木蘭花一看到這等情形，便笑道：「可是又有什麼藝術品被竊了麼？何以在報上沒有消息記載？看各位的神情，大約一點線索也沒有了？」

高翔扯下了他貼在上唇的鬍髭，道：「蘭花，不是有什麼東西被竊，這是一件牽涉範圍十分廣的事情，我正想去找你呢！」

「我不以為我可以解決這件事，」木蘭花笑著說：「你看，我一上來就估錯了。但如不是失竊案，有什麼事情是和藝術院有關的呢？」

「情報的販賣。」高翔回答。

「高翔，你在開玩笑！」

「一點也不，蘭花，本市一直是國際上形形色色特務、間諜活動的地方，也有好幾個情報組織在這裡有支部，情報的轉遞有上萬種的方法，最近，大量的情報交易卻是在藝術院完成的，蘭花，這一點，只怕你也想不到吧！」高翔詳細地說著。

「的確不易想到，你們是憑什麼知道的呢？」

「昨天，在廁所中，發現了一具屍體。」

「噢，那是什麼人？」

「院方報警之後，醫生的初步檢查，說這個人是心臟病猝發而死的，但是當追究這個人身分的時候，卻發現他是著名的情報販子郭爾準中校。」

「哼，」木蘭花卑視地說：「那個蒙古人。」

「是的，這個至少已變節了五次的蒙古人，由於他的身分特殊，所以再詳細檢查他的死因，才發現他是中毒而死的。」

「在他身上發現了什麼？」

「他顯然被搜過身，他的錢包也掉在地上，而他是慣於在指甲上貼上一層和指甲一樣顏色的薄膜，來攜帶濃縮菲林的，當我們發現他的時候，他的指甲也全被揭起過，但是我們還在他的牙齒上，發現了一點秘密。」高翔講到這裡，略停了一停。

「那是什麼？」

「那是濃縮菲林的一小點，可能是他臨死前咬下來的，只有一點點，經過一百五十倍的放大，可以看出，那是一個公式中的組成部分。」

「那個公式是和什麼有關的呢？」

「我們無法獲知，但是根據專家的意見，可能和太空飛行有關，那蒙古人既然因之喪生，我想這當然是一項重要的情報了。」

「所以你們就懷疑有情報活動在此進行了？」

「是的，你想，藝術院的前後都是空地，死者不可能是死了之後再被移到這裡來的，他當然是在此被殺死，那還不能證明我們所料的是正確的麼？」

木蘭花點著頭，道：「那麼，至今為止，發現了什麼？」

高翔有點不好意思地笑了，道：「還沒有。」

木蘭花道：「當然不會那麼快就有結果的，我想你們需要繼續監視，監視的人要多，而且要不著形跡，最好不要時時在院長辦公室中出入。」

高翔和那幾個高級警官的神色，都十分尷尬，木蘭花卻爽朗地笑了起來，道：「那只是我個人的意見，請不要見怪。」

高翔忙道：「你說得是，我會多派人來進行監視的，蘭花，我送你出去。」

木蘭花和高翔兩人，離開了院長辦公室，他們下了樓梯，木蘭花正準備從正門走出去，可是也就在此時，左廊上忽然傳來了幾聲尖叫聲。

高翔倏地轉過身來，他的手中已然握住了槍。

但是，當他轉過身來之後，他卻看到一頭猴子，正在走廊中飛速地跳躍著，幾位穿著入時的小姐、太太，正在拚命地尖叫著。

那位豢養猴子的人，正以一個極其可笑的奔跑姿勢，跟著那頭猴子，想將牠捉住，畫廊之中，剎那間亂成了一片。

而那頭猴子，這時卻已跳到了雨傘骨堆成的「雕塑品」上面，那堆雨傘骨發出了一陣擊響，倒了下來，那位雕塑家當胸一把，抓住了那位畫家的衣服，兩人立時大聲爭吵了起來，而那頭猴子卻已趁機從藝術院的正門溜出去了。

高翔也早已收起了槍，他不解地說：「怎麼會有猴子的？」

「你別小看了這頭猴子，」木蘭花只覺得事情胡鬧得好笑，「這頭猴子是一位畫家，牠的作品，標價是四千九百元哩！」

高翔「哈哈」笑了起來，兩人一齊向外走去。

可是，他們才走出了一步，突然看到一個穿著花格子呢大衣，戴著帽子，握著手杖的中年男子，以極快的步伐，向前奔了過來。

那男子奔到了離木蘭花和高翔兩人還有五六碼之際，突然「砰」地一聲跌在地上。他在跌倒之後，撐著身子，想爬起來。

然而，他卻只能抬起他的頭來。

他抬起頭來之後，望著高翔，眼中現出一種祈求的神色來，他握著手杖的手，向前伸來，像是要求高翔扶他起來一樣！

這變故是突如其來的，高翔和木蘭花兩人，都呆了一呆，然後才向前疾奔而出。可是，當他一們奔到了那人的面前之際，那人的頭已垂了下來。

由於那個雕塑家和那個畫家正在爭吵，幾乎吸引了所有的人，是以那個中年人突然倒斃，除了木蘭花和高翔之外，並沒有別的「觀眾」。

高翔一奔到面前，便將那中年人的身子翻了過來，托住了他的頭，解開了他頸際的鈕釦，但是，他隨即發現這一切全是白費的。

因為那人已經死了。

照這人死的情形來看，他是心臟病發作而死的。

然而，木蘭花和高翔兩人互望了一眼，他們的心中，都不免生出了一個疑問：這個中年人，當真是心臟病發作而死的嗎？

他們還未及交換意見，只聽得大理石的地上，又傳來一陣急促的腳步聲，當他們抬起頭來看時，已有三個人奔到了他們的身前，其中的一個，一到就粗暴地伸手推開了高翔。

高翔一個冷不防，被那人推得幾乎跌了一跤！

當他站穩了身子之後，另外兩人已經扶起了那死去的中年人，高翔大喝一聲，道：「這人已死了，你們移動他做什麼？」

那人用生硬的英語道：「這是我們的事，你最好別管。」

高翔一聲冷笑，道：「看來我非管不可，因為這正是我的事，這是我的證件！」高翔將證件取了出來，給那人看了一眼。

那人的面色變了一變，他的態度也軟了許多，道：「對不起，但這件事閣下仍不應該過問，我們是××領事館中的人，這一位……死了的，是我們的副領事。」

高翔冷冷地說：「事情如果在你們的領事館中發生，我當然不能問，但是如今，事情是在這裡發生的，請你們都跟我回去！」

那人眼珠一轉，突然一掀大衣的衣襟。

他的另一隻手，不知在什麼時候，已從衣袖中縮了回去，當他的大衣襟一翻之際，他右手上所握的那柄槍便露了出來。

他立時掩上了大衣，說：「閣下還是不要管的好！」

高翔呆了一呆，那人已開始向後退去。

高翔的槍就在腰際，但是在如今這樣的情形之下，高翔一有異動，那人毫無疑問是會立即開槍的，是以高翔僵立著不動。

而那人迅速地退到了他的兩個同伴的身邊，那兩個同伴將死者扶在當中，三人一齊向後退去，高翔向木蘭花望了一眼。

木蘭花向他使了一個眼色，示意他不要動。

高翔的心中十分氣憤，但是卻也無可奈何，那三人的行動，十分之快疾，轉眼之間，便退到了路上，兩個人扶著死者，進了車廂。

那人最後進車廂，而當他一進去之後，車子立時以極高的速度駛去。在車子駛出之際，木蘭花和高翔都看到了那輛車子的車牌。

那的確是外交人員的車牌。

等到車子駛出之後，高翔才頓了頓足，向前奔出了幾步。

他這時向前奔出，當然不是去追那輛車子，因為那是再也追不上的了。那只不過是他的一種下意識的洩憤的動作而已。

而當他奔出了幾步之後，他的腳卻踢中了一樣東西，那東西發出相當大的聲響，在地上滾動著，原來這是那中年人的手杖。

木蘭花一看到這根手杖，立時想起那中年人倒地之後，臨死之前，是曾經舉過這根手杖來的，她心中不禁陡地一動。

她道：「高翔，將這根手杖拾起來。」

高翔一俯身，將手杖拾了起來，走回來交給了木蘭花，木蘭花握在手中，略看了一看，道：「希望這柄手杖中會有些什麼秘密。」

「對，我們帶回去研究一下。」

他們一齊向外走去，當他們走下石階之前，回頭看了一眼，只見那兩個藝術家已言歸於好了，那位畫家正將雨傘骨一根一根地插起來，而那位雕塑家則在一旁叫著：「太奇妙了，你真是天才！」

由於那兩人的吵架，在大門口發生的事，幾乎是沒有人注意的。

他們兩人下了石階，高翔道：「蘭花，坐你的車子可好？」

坐木蘭花的車子，那麼必然是先到木蘭花的家中，那麼高翔就可以多些機會和木蘭花在一起了，這是他的一番苦心。

木蘭花嫣然一笑，道：「如果你公務不忙的話，我當然竭誠歡迎。」

高翔大是高興，道：「我們一齊研究手杖，就是公務！」

他們說著，來到了藝術院的停車場，到了木蘭花的車子之前，木蘭花打開了車門，先將那根手杖，拋到了車子的後座上。

然後，她和高翔兩人並肩坐在車前座，當車子緩緩開動之際，高翔忽然問道：「蘭花，那外交官如果是死於謀殺的話——」

「他一定是死於謀殺。」木蘭花道。

「那麼，他是死在什麼人手下的呢？」

「我也正在想這個問題，要明白這個問題，我們首先要明白，這個用外交官身分作掩護的間諜，究竟到這裡來是做什麼的！」

「蘭花，你怎肯定他是間諜？」

「一定是，那個國家是以特務工作聞名的。」

「那麼，他是來出賣情報的？」

木蘭花搖了搖頭，道：「出賣情報的可能性極少，因為他有同伴一起來，他出了事，他的同伴立時就趕到，那當然是一齊來的。」

「不是出賣情報，那一定是收買情報了。」

「是的，但是他怎麼又死了呢？這其中的情形一定很複雜了，可能一共有三方面，一方面賣，一方面買，另一方面想攔路搶劫！」木蘭花分析著。

「那麼，」高翔道：「我們假定他是死於想攔路——」

高翔才講到這裡，突然從後照鏡中，看到一輛黑色的汽車，正以極高的速度駛來。高翔忙叫道：「蘭花，小心！」

木蘭花也看到那輛車子了，她突然轉向，車子立刻向旁轉過去，但是，後面的那輛車子，來得實在太快，而且木蘭花和高翔正在討論那中年人的死因，因此並沒有注意後面會有車子撞了過來，是以雖然她轉得快，在她的車子才一打橫間，「砰」地一聲響，後面的車子已經撞了過來！

那一撞的力道十分強勁，木蘭花的駕駛技術固然高超，但是也無能為力了，而且，她的車子，又是一輛中型的，車身立時翻轉了過來。

而那輛撞了他們的黑色車子，在一撞之後，車身一歪，也向外衝了開去，再是一聲巨響，撞在一株法國梧桐之上。

木蘭花的車子，一連翻了兩個觔斗才停了下來，停下來的時候是四輪朝天的，木蘭花和高翔兩人，在車子翻滾的時候，他們都知道如何保護自己的，是以車子一停，他們立時推開了車門，一個翻滾，從車中鑽了出來，向前看去。

只見那輛黑色房車的司機，伏在駕駛盤上，顯然已受了傷，車前玻璃也碎了，從他的頸際，有鮮血涔涔地淌了下來。

幾乎是在不到三分鐘的時間內，看熱鬧的人從四面八方奔了過來，比起他們來，救護車和警察實在來得太遲了！

黑房車的駕駛者昏迷不醒，救護車一來，便立即被送走了。高翔吩咐一個警官跟著一起去，一等那人醒過來，立刻通知他。

木蘭花的那輛車子也已被翻了回來，但是後面的一隻輪子已被撞脫，車子不能再用了，高翔苦笑了一下，道：「這算怎麼一回事？」

木蘭花這時正探頭在車廂之中，她並不縮回頭來，就回答道：「這是一件有預謀的事件！」

高翔吃了一驚，道：「想殺我們？」

「不是，想偷那根手杖。」

木蘭花縮回了身子來。

「什麼？那根手杖不見了？」

「是的，我絕不相信它是在車子翻滾的時候跌出車外的，一定是在我們不注意的時候，被人取走了，那取走手杖的人——」

她講到這裡，抬起頭來，

看熱鬧的閒人，正在散開去，總有一二百人之多，這一二百人，剛才都曾接近過這輛車子，警察由於人手不足，還曾叫了十幾個看熱鬧的人，一齊將車子翻過來的，現在，要追究是誰偷走了那根手杖，那當然已經是一件不可能的事了！

高翔也知道木蘭花抬起頭來是看些什麼，他也不由自主苦笑了一下，道：「那樣看來，這根手杖，倒是十分重要的了。」

「是的，我們還有一個線索。」

「那個受了傷的司機？」

「對，在他的口中一定可以套出詳情來的。」

「那麼，蘭花，我們乾脆到醫院去吧！」

「好！」木蘭花點著頭，道：「小心駕駛！」

高翔笑了起來，木蘭花的話，的確是幽默得使人發笑的。

他們一齊回到停車場，上了高翔的車子，十分鐘後，他們已來到了市區內相當繁華的地方。

前面的車輛壅塞著，顯然那是一宗車禍。

高翔逼得停了車，等了幾十分鐘，然後他設法將車子一半駛上人行道，他和木蘭花一齊下車，到前面去看，一看之下，他不禁呆住了。

前面是一件十分嚴重的車禍。

而令得高翔呆住了的是，那輛倒在地上，破損不堪的，是一輛救護車，就是那個昏迷不醒的司機所搭乘的那一輛！

那個司機已跌出了車外，高翔奔過去一看，便知道他已經死了。

他們的唯一線索也斷了！

2 特種外交家

半小時後，高翔在他的辦公室中，便已接到了救護車失事的報告，報告說，一輛大卡車突然從橫街駛了出來，撞向救護車。

那輛大卡車，高翔也見過，當時就停在救護車的旁邊，那是一種載重十噸的平頭大卡車，任何車子都是經不起它的一撞的。

而在撞了救護車之後，大卡車的司機，立刻跳車而逃，當時是在鬧市，那司機很快地便消失在人叢之中，找不到了。

救護車中的傷者立即死去，救護車的司機和兩名救護人員都受了傷，司機的傷勢十分嚴重，可能有生命的危險。

那輛大卡車，是屬於某建築公司的，已經查明，車子是停在建築地盤之外時被偷去的，偷車的目的，似乎就為了去撞那輛救護車！

木蘭花是和高翔同時看完了這份報告的。

他們兩個人的臉色都很難看，那當然是由於他們已斷了一切線索，變得無從追尋這件事的來龍去脈的緣故。

過了片刻，木蘭花才勉強笑了一下，道：「這件事，我看只好暫時停一下，以等候新的發展了。」

「會有新的發展麼？」

「當然會有的，已經有兩個人死了，難道這件事會就此了結麼？」木蘭花來回踱著，「據我看來，這件事還方興未艾哩！」

「那我們應該怎樣著手才好呢？」高翔不斷地用手指捲著他前額披下來的那一綹頭髮，「看來我們是站在最不利的地位。」

木蘭花雙眉緊蹙道：「看來，除了繼續派精明的人去監視之外，是沒有別的辦法了，派去的人，一定要最好的，而且，還可以和軍方的反間諜機構連絡一下。」

高翔點著頭，木蘭花望向窗外，在乾燥的天氣下，水泥的地面看來似乎特別蒼白，他們兩人沉默了片刻，木蘭花才道：「我要回去了。」

高翔雖然不願意和木蘭花分手，但這時他有許多工作要做，因此他只得說：「好的，我和軍方聯絡之後，再和你通消息。」

木蘭花順口答應著，高翔送她出門口，派了一輛車子送木蘭花回去。

當木蘭花回到了家門口之際，她突然呆了一呆。

在她家門口，停著一輛名貴的勞斯萊斯汽車。

那輛車子的車牌，是外交人員特用的。

而且，木蘭花也有足夠的記憶力，記得那車牌的號碼，就是在市立藝術院之前疾駛而去的那一輛，木蘭花吩咐車子在離她家門口還有二三十碼處停下。

她下了車，繞過圍牆，來到了屋後，然後，從後牆爬進屋子去。當她一爬進屋子之後，她已經大大地放下心來了。

本來，她看到了那輛車子，知道家中一定是來了不速之客，不速之客可能不止一個，那麼，單獨留在家中的穆秀珍就可能吃虧了！

這也就是她為什麼不由正門進屋的原因。

可是此際，她才由後門進屋，便聽得穆秀珍大聲說話的聲音，她正在不耐煩地道：「我已經說過好幾遍了，我不知道她什麼時候回來！你們喜歡等就等，不喜歡的話，老實說，我是求之不得的，請你們不要再來煩我，好不好？」

木蘭花心中暗暗好笑，她一伸手，推開了門，道：「秀珍，你這樣子對待客人，不是太過分了嗎？應該有禮貌一些啊！」

穆秀珍一見木蘭花，就跳了起來，嚷道：「好了，蘭花姐，你可回來了，你若是再不回來，哼，我只怕真的要作嘔了！」

木蘭花在批評她說話沒有禮貌，但是穆秀珍講出來的話，卻是更加沒有禮貌了！木蘭花不禁皺了皺雙眉，可是她立即原諒穆秀珍了。

因為她也看到了那三個不速之客。

那三個不速之客都穿著深色的大衣，雖然是在屋內，可是他們卻也不除去帽子，他們臉上的神情，也是一樣地陰森和可厭。以穆秀珍那樣爽朗自在的人，對著那樣的三個人會有作嘔之感，那自然是不足為奇的事情了。

這三個人中，有一個是木蘭花見過的。

木蘭花不但見過他，而且對他的印象還十分深刻，因為就是他，用槍對準了高翔，令得高翔無法阻止他將死者帶走的那人。

這時，他一見木蘭花，便站了起來。

木蘭花冷冷地道：「原來是你，如果你的大衣中仍然有槍的話，那麼請你立即出去，我們之間，是絕沒有什麼可談的了。」

那人的神情十分尷尬，道：「沒有，你看，沒有。」

他攤開了雙手，表示他的手中沒有槍。

「蘭花姐，他們是什麼人？」

「我也不知道他們真正是什麼人，但是他們表面上的職業，卻是外交家，我們或者可以稱之為特種外交家吧！」木蘭花冷冷地回答著。

那人只好發出一陣陣的乾笑聲，來掩飾他的尷尬，他開門見山地道：「小姐，我們撤退得太倉皇了，所以忘了一件東西，這件東西，一定落在你的手中了！」

木蘭花立即知道他是指什麼而言了！

他是說那根手杖！

然而，那根手杖，事實上也已不在木蘭花的手中了！

但木蘭花卻一點也沒有表示什麼，她揚了揚眉，道：「是麼？不知道是什麼東西，或許我可以指點你到失物招領處去領回它的。」

「小姐，別開玩笑了，」那人顯得十分惱怒，「那根手杖，請你還給我們，那根手杖對你來說，是一點用處也沒有的。」

木蘭花搖著頭，坐了下來，道：「我不明白你在講些什麼，什麼手杖？」

那人陡地踏前一步，現出十分凶狠的神色來。

木蘭花的神情卻恰好和那人相反，顯得十分之悠閒，她坐在沙發上，淡然地笑著，道：「先生，如果你以為在市立藝術院前，我們是怕你，那你就大錯特錯了。尤其在我家裡，你們如果有什麼粗魯的動作，那是你們在自討苦吃！」

木蘭花一面說，一面打開煙盒，取出了一支煙，銜在口中，然後又拿起了座台打火機，可是當她「擦」地一聲，按下打火機之際，打火機頭上冒出了火焰，同時，「砰」地一聲，一粒子彈也從打火機中直射了出來，射向那人的帽子。

那人的帽子陡地飛了起來，落在地上。

木蘭花吸了一口煙，徐徐地噴了出來，又道：「見到了女士，仍然戴著帽子，那已經是夠粗魯的了，你可明白了麼？」

那人的臉色，「刷」地變白了。另外兩人，也連忙除下了帽子。

木蘭花點了點頭，道：「那樣好得多了，你們有什麼困難，不妨說來聽聽，如果做得到的話，我或者會幫你們忙的。」

那人俯身拾起了他的帽子，他的態度恭順得多了。

他道：「我想取回那根手杖。」

木蘭花冷冷地道：「你這樣說法是沒有用的，一根手杖絕對不會使你們這樣勞師動眾，你應該坦白地說出，你想取回的是什麼。」

「可是，那是絕對的秘密！」那人叫了起來。

「好的，我同意你的說法，我最不感興趣的事，就是去打聽人家的秘密，你們請回吧，我根本不想聽你們的絕對的秘密！」

那人想不到木蘭花會這樣回答他，他呆了一呆，道：「小姐，我們必須得回這根手杖，如果你不肯交出來的話，那麼——」

木蘭花冷冷地道：「請你注意禮貌。」

那人嘆了一聲，道：「你不明白——」

木蘭花板起了臉，道：「我更沒有聽你教訓的打算，如果你想得回那根手杖的話，那麼，就請你將事情的來龍去脈詳細告訴我。」

「絕無商量的餘地？」那人問。

「絕無！」木蘭花斬釘截鐵地回答。

穆秀珍大聲補充道：「而且，你別想恐嚇我們！」她拍了拍胸口，「我們是被恐嚇慣了的，所以，你絕對嚇不倒我們！」

那人呆了半晌，才道：「那麼，請允許我告退片刻！」

他也不等木蘭花的答應，便立即轉身走了出去，到了花園中。這時，已是黃昏時分了，木蘭花看到那人取出了一隻煙盒大小的東西來，對著它在講話。

木蘭花當然聽不到他在講些什麼。

約莫過了十分鐘，那人收起了無線電通訊儀，走了回來，道：「剛才我請示過了，上級的指示是可以向你做有限度的透露。」

木蘭花並不出聲。她的心中在暗忖，看來，要他們講出全部事實的經過來是不可能的，反正自己也根本失去了手杖，能夠套出一些經過來，也是好的。

但如果對方在講出一些經過之後，便向自己要手杖，那又應該怎樣應付他們？要知道他們並不是一個犯罪組織，或是一個匪黨中的人，他們是有一個國家的實力做後盾的特務人員，而且他們又有著外交人員的身分，事情一不好，就會引起極嚴重的國際糾紛！

所以，若不是能明白全部事情的經過，是不合算的。

木蘭花在呆了半晌之後，搖了搖頭。

她一搖頭，當然表示她已拒絕了「有限度的透露」這一點了，那人的臉色變了一變，只見他的右肩，微微向下一側。

也就在他右肩一側間，木蘭花突然跳了起來，手走掌落，出手快絕，「啪」地一掌，已經砍在那人右肩之上。

隨著木蘭花的那一掌，又是「啪」地一聲，一把槍自那人的大衣之中掉了出來，落在地上，穆秀珍連忙一俯身，將之拾了起來。

那人的臉色變得十分的難看。他剛才一側肩，是又想重施故技，自衣袖中縮回手背來，好出其不意地拔槍威脅木蘭花。

可是木蘭花在市立藝術院的大門口已經吃過了一次虧，如何還會再吃虧，那人剛一抓住了槍，便被木蘭花的一掌之力震了下來。

穆秀珍一拾槍在手，熟練地轉動著，一面轉動，一面「砰」、「砰」地射了兩槍，手法快得當真令人看不清她是何時停下槍來扳動槍機的！

隨著那兩下槍響，客廳中揚起了一股焦臭的氣味來。

那兩槍的槍彈，恰好在那人的耳朵之上掠過，由於子彈是緊貼著那人的兩鬢掠過的，是以將那人的頭髮一齊燒焦了！

天氣雖然冷，可是那人額上的汗珠，卻比豆還大。

穆秀珍依然玩著那把槍，冷冷道：「如果你不希望我第三槍射在你兩眉的中心，那麼，你還是快點替我滾出去的好！」

那人本來是全身僵硬，根本不知怎樣才好的了，等到穆秀珍這句話一出口，那人如奉綸音，竟連他的同伴也不顧，倉皇向外走去。

還有兩個人連忙也站了起來。

可是他們才站起，在穆秀珍手上轉動著的那柄槍，突然停了下來，對住了那兩人。那兩人的臉色立刻變了，呆住了不敢再動。

穆秀珍斥道：「你們還在等什麼，想我賞子彈麼？」

「不！不！」那兩個人搖著手，狼狽奪門而逃。

不到半分鐘，她們已聽到了汽車引擎的聲音，穆秀珍一聲歡呼，將手中的槍向上一拋，倒在沙發上，「哈哈」大笑起來。

她剛才將那三個討厭的人嚇得面青唇白，冷汗直淋，那是她最感到得意的事情了，她笑了好一會，才道：「蘭花姐，究竟是怎麼一回事？」

木蘭花笑道：「我還是不要說的好。」

穆秀珍大是奇怪，道：「為什麼？」

「因為，」木蘭花坐了下來，「我一說了出來，你就覺得事情十分不簡單，只怕你是再也笑不出來的，所以還是別說的好。」

穆秀珍伸了伸舌頭，道：「我現在已經笑不出來了！」

木蘭花道：「那我不妨將經過情形告訴你。」

她將今天在市立藝術院中發生的事，以及接連而來的兩件車禍，和車禍發生後的報告內容，都向穆秀珍約略講了一遍。

穆秀珍的中指和姆指相扣，發出「得」地一聲響，道：「我明白了，那死者的手杖之中，一定有著十分重要的情報。」

木蘭花並不置可否，只是微笑地望著她，道：「那麼，他帶著有重要情報的手杖，到市立藝術院去，是幹什麼的呢？」

「當然是去出賣情報！」種秀珍理直氣壯地回答。

「出賣情報，他會和三個同伴一齊去麼？」

「這個……」穆秀珍答不上來了。

木蘭花道：「我也相信那手杖之中，一定有著極重要的情報，但是他們將之帶到市立藝術院去，卻一定不是出賣那樣簡單的。」

木蘭花剛講到這裡，電話鈴便響了。

木蘭花順手拿起了電話來，道：「誰？」

「蘭花！」是高翔的聲音，「我立即就來。」

「可是在軍部方面有了什麼消息麼？」

「別提了，我氣壞了，你在家等我！」

高翔竟不等木蘭花再說什麼，就「啪」地一聲掛上了電話，穆秀珍瞪大了眼睛，道：「他媽的，他在發什麼神經病？」

木蘭花面色一沉，道：「秀珍，你在發什麼神經？」

穆秀珍縮了縮頭，不敢出聲，她是知道木蘭花最憎恨出言粗俗的人的，因此她自知理虧，陪笑道：「我……沒有什麼。」

木蘭花來回踱著步，高翔來得很快，十五分鐘之後，他就氣呼呼地衝了進來，一進來，便叫道：「豈有此理，真正豈有此理！」

「什麼事？」木蘭花皺著眉問。

「剛才，我向軍部方面主理情報工作的費利准將詢問這件事，他媽的！那混蛋准將，應該到地獄中去和魔鬼打交道才對！」

穆秀珍聽得高翔和她一樣出言粗俗，忍不住「噗哧」一聲笑了出來，木蘭花則沉聲道：「那位准將，他說了些什麼？」

「他竟叫我們少管閒事，他說在他的手下，有著不少出色的專家，不用我們這些人來瞎起勁，他又說你——」高翔停了下來，不再講下去。

「他說我什麼？」木蘭花心平氣和地問。

「他說，什麼女黑俠，和小毛賊打打交道還差不多，要與國際特務鬥爭，還差得遠，你說氣人不氣人，他媽——」

「行了！」木蘭花連忙打斷了他的話頭。

「砰」地一聲，穆秀珍伸手在桌上重重擊了一下，道：「那未免太欺人了，我們難道沒有和國際特務打過交道麼？」

「是啊，」高翔立時道：「所以，我也回罵了他一頓！」

木蘭花搖頭道：「這樣一來，我們想在軍部方面獲得消息的可能性，自然等於零了。」

「我們也一樣可以進行的，」高翔揮著拳頭，「而且，我們一定要進行，好讓那高傲自大的傢伙看看是誰有能耐些！」

木蘭花來回地踱著，道：「或許軍方真的有原因，不希望有別人插手這件事，或者，有人插手，反會將事情弄糟呢？」

「沒有這樣的事，我非插手不可，」高翔大聲回答，「而且，在本市範圍之內連續出現凶殺案，那也是我的工作範圍！」

「好的。」木蘭花道：「那麼，打電話給××領事館。」

「為什麼？」高翔愕然。

「剛才他們有人來……」木蘭花將經過略說了一遍，「我們現在，只好在他們那方面入手，來獲知事情的來龍去脈了。」

「可是我們已失去了那手杖啊！」

「那也只好走一步算一步了，反正我們已然捲進了這件事的漩渦之中，還能希望交出了手杖之後，就沒有了事情嗎？」

「對！」高翔翻尋著電話簿，又撥通了電話。

他將電話交給木蘭花，木蘭花第一句話就說道：「我是木蘭花，我要和剛才到過我家中的人講話。」

「什麼木蘭花，我們不知道！」對方的回答很冷淡。

「如果你不知道，那你最好就去問一問。」木蘭花用嚴厲的聲調教訓著對方，「否則，你的職位可能要保不住了！」

出乎木蘭花的意料之外，那面咆哮了起來，道：「我是總領事，除了外交部長的命令，誰還可以使我的職位不保？我沒有聽說過什麼木蘭花。」

電話被「啪」地掛斷了。

這樣的結果，倒是木蘭花事前絕料不到的。她握著電話，呆了半晌，才將電話放了下去。

穆秀珍問道：「怎麼一回事？」

木蘭花搖了搖頭，的確，連她也不知道那是怎麼一回事。

她手托著下頷，側著身，坐在沙發上，想了片刻，道：「我看，××領事館是我們唯一的線索，我們必須到那裡去一次！」

「私入外交機構？」高翔和穆秀珍兩人都吃驚地問。

「當然是私入，難道還會堂而皇之地走進去不成？」

「那樣做——」高翔遲疑著，說：「只怕不怎麼好。」

木蘭花笑了起來，道：「我們什麼樣的險未曾歷過——為何你們兩人竟忽然大驚小怪起來了？這有什麼值得出奇的？」

「蘭花！」高翔苦笑，「那不同啊，外交機構，根據國際慣例，那等於是他們的領土，如果你在領事館裡出了事，誰也沒有辦法幫助你的！」

木蘭花道：「我當然知道這一點，我會盡量小心的，我現在就去，如果明天早上八點之前，我還沒有回來的話——」

穆秀珍忙不迭道：「不，蘭花姐，到時你一定回來了！」

高翔道：「如果萬一不回來呢？」

木蘭花嚴肅地道：「那麼，你們就再和他們聯絡，告訴他們，那根手杖可以交換我。我相信剛才來的人，一定是領事館中的人，那位總領事，只不過因為某種原因而不便對我們承認而已。當然，我們沒有那根手杖，但你可以和他們堅持，將我帶出來。」

高翔和穆秀珍兩人的臉色都十分難看，他們點著頭，但是他們的脖子似乎有點僵硬，是以點頭的樣子顯得很滑稽。

木蘭花向樓上走去，穆秀珍道：「不行，蘭花姐一個人去冒險，那不行，我也要去。」

「她沒有叫你一起去，你去了反而會誤事。」

「胡說，你才誤事哩！」

「我們不必吵，秀珍，最好我們都和她一起去。」高翔來回地踱著，「等她下來的時候，我們同一陣線，堅持要和她一齊去！」

「好！」穆秀珍高舉雙手，表示贊成。

可是，木蘭花像是料到了他們兩人一定要爭著一起去一樣，她上了樓之後，並沒有下來，高翔和穆秀珍兩人等了近二十分鐘，感到木蘭花上樓去的時間未免太長了一些時，也走上樓去，才發現木蘭花早已不在樓上，越窗而去了！

木蘭花在書桌上留下了一張紙條，上面寫著寥寥的幾個字：

千萬不可同來，照我的話去做，今晚可能還有人來，小心小心小心。

高翔和穆秀珍兩人，看了這張紙條，都為之苦笑。

他們兩人只得又到了客廳中，那時，是晚上七時，天色已經黑了，他們可能要等一整夜，因之他們都十分無精打采。

到了晚上九時，電話鈴突然響了起來。

穆秀珍一把拿起了電話，聽了一下，便遞給高翔，道：「警局打來的。」

高翔接過了電話，只聽得那邊的聲音十分惶急，道：「高主任，市立藝術院又出了命案，一個衣著華麗的中年人被殺，請你快來！」

高翔陡地一怔，道：「好，我立即來！」

他放下電話，站起身來，穆秀珍忙道：「我也去！」

「不，你去了，蘭花或者要通什麼消息，那怎麼辦？」

「可是……」穆秀珍噘起了嘴，「你走了，我只是一個人了，叫我一個人等上一夜，那我可不幹，孤魂野鬼一樣，哼！」

高翔不禁笑了起來，道：「看你說得那麼可憐，其實呢，你心中正求之不得，你不會叫雲四風陪你麼？要不要我替你打電話？」

穆秀珍紅了臉，推著高翔就向外走，一面推，一面叫道：「去去去，去你的，誰要你來多管閒事，我一個人就不行麼？」

高翔哈哈大笑著，提起了大衣，走了出去，天黑了之後，寒風更厲，他豎起了大衣領子，鑽進車子，便向市立藝術院直駛而去。

市立藝術院雖然是在市區之中，但是附近的區域，都是有計劃闢出來的文化區，很多學校以及博物館等，是以這時顯得十分冷清。

當高翔的車子一轉進了直通市立藝術院的那條直路之際，他已然可以看到聳立在黑暗中的市立藝術院的龐大建築，和建築物之前的梧桐樹了。

這時候，他離藝術院的大門，大約還有大半哩的路程，但是，他卻突然停了車子，然後，他將車子駛進了路燈射不到的陰暗處。

他突然停下來的原因，是因為前面太安靜，太黑暗了。如果發生命案，大批警方人員已趕到的話，怎會有如今這樣的情形？

高翔又想起了那個電話來得十分突兀，而自己在聽了電話之後，又因為急於想趕到現場，是以未曾向他問個仔細。

如今照這樣的情形看來，這個電話所說的事顯然是虛構的，而它的目的，則是要將自己引到這裡來。高翔想到這裡，不禁冷笑了起來，如果那打電話的傢伙，以為憑這樣的一個電話，就可以令得他上當的話，那麼他就要吃苦頭了。

3 貴族集團

高翔打開了車門，出了車外。

他在車邊上站了片刻，在那片刻間，他想了好幾個問題，全是和那個電話有關的，他想到：那究竟是什麼人？誘他前來的目的又是什麼？何以這個人知道他在木蘭花的家中？這個人和一連串到現在為止還一點線索也沒有的事，有何關係？

但是這一連串的問題，他卻一個答案也得不到。

當然，他先要見到了那個人才能得到答案的。

他開始向前走去，他的身子一直在陰暗之中，到快要到達市立藝術院門口的時候，他又向側繞去，他一閃身，迅速地閃進了右廊。

市立藝術院中，有大量珍貴的藝術品，重門深鎮，但是，左右兩個環形的走廊，卻是沒有門的，高翔閃了進去之後，用極輕巧的步伐奔了十來步。

他在一根巨大的柱子之後，躲了起來。

他心中所想的是：對方的目的，如果是將他引到這裡來對付他，那麼當然會估計他一到，便在正門下車，所以，對方一定躲在正門的附近。

而這時，他卻是悄然來到的，那麼，他只要掩近正門，就可以發現那個隱藏起來，打假電話的那個人，而叫他吃點苦頭了！

他躡手躡足地向前走著，每到了一條大柱之後，他都停上一停，而向前仔細地察看著，光線十分黑暗，他幾乎看不到什麼。

在黑暗之中，那些千奇百怪的雕塑品，看來就像一個奇形怪狀，蹲在那裡不動的鬼怪一樣，看來十分駭人。

高翔慢慢地向前移動著，當他來到接近正門的第二根柱子時，他看到了那人就在最接近正門的第一根柱子之後！

那人穿著一身黑色的衣服，他的身子緊緊地靠著那根柱子，他背對著高翔，看他的情形，像是正全神貫注地望著前面。

他站在那裡，一動也不動！

高翔的心中暗暗好笑，那人以為自己會上鉤，但結果，倒楣的是他自己！

貼著牆，高翔將腳步聲放得更輕，等他來到離那人的身後只有三四尺之際，那人仍然雙手抱柱，靠柱而立，並沒有發現高翔已到了他的身後，離得他如此之近。

高翔突然再跨前一步，伸出手來，在那人的肩頭上一搭，將那人的身子轉了過來，左手揚起，一拳便向那人的下頷擊去。

然而，他那一拳，卻並未擊中那人的下頷。

那一拳，在擊到一半時，便突然僵住了！

只不過他那一拳，雖然未曾擊中那人，那人的身子卻已向下倒了下去，而在高翔的拳頭突然停止之際，高翔也知道那是怎麼一回事了。

那人早已死去！

這時，那人仰天倒在地上，在黯淡的光線下，可以看到他的面容十分可怖，他的衣著，又的確是十分華貴，而那也是一個中年人！

高翔不禁感到啼笑皆非，因為那電話所說的，竟是事實，這裡的確又出了一件命案，而且死者是一個衣著華麗的中年人！

只不過警方人員還未曾發現這件命案而已！

那麼，打電話給他的那人，就是凶手了？他打電話給自己，要自己到這裡來，並不是想伏擊自己，只是使自己感到難堪！

高翔的心中十分氣憤，他怒衝衝地向正門走去，在正門裡面的大堂內，是有一間警衛室的，裡面應該有兩名警員在當值。

大門下了鎖，高翔用拳擊著，腳踢著，在鐵門上弄出可怕的聲音來，大堂內的燈光突然亮了，兩個警員睡眼惺忪地奔了出來。

那兩個警員奔到了門口，用槍指住了高翔，但是，當他們揉了揉眼睛，看清楚他們用槍指住的是什麼人時，他們臉上表情之難看，當真是難以形容的了。

高翔一見這等情形，知道想在他們之中打聽一下曾發生過什麼事，也根本是枉然的了，他只是道：「快去通知總局值日警官，叫他派人到這裡來。」

那兩個警員似乎因未受到嚴厲的責斥，而感到驚訝，仍然站著不動，等到高翔陡地大喝一聲，他們才狼狽地奔了開去。

等兩個警員奔開之後，高翔自己也不禁頓足！

依照木蘭花的意見：是從今天開始，立即進行對藝術院的嚴密監視的，但是高翔的心中卻在想：明天開始也不算遲。

結果，今晚，這裡是沒有人監視的。

而如果有人監視的話，那情形自會大不相同了！

他回到那死者的身邊，將死者的頭托了起來，他的手也碰到了死者所穿的那件質地名貴的大衣，這種大衣的價值，大約是一個高級文員一個月的薪水，可知這個死者的生活一定過得極其富裕。

當高翔伸手去按死者的脈搏之際，更證明了這一點。

因為死者的手腕上，戴著價值極高的白金錶。

高翔迅速地翻抄著死者的口袋，一只塞滿了巨額現鈔的鱷魚皮包，白金的鎖匙鍊，法國絲絹手帕，那個人似乎怕錢花不完似地，將錢用在裝飾他自己的身上，看來似乎什麼都有，但是，卻沒有足以證明那人身分的東西，連一張卡片也沒有。

這當然是不合情理的。

出現這種不合情理的情形，只有兩個可能。

一個可能是：這一類東西已被人取走了；而另一個可能是，他身上根本沒有這種東西，那就導致另一個結論，他是一個身分特殊、神秘的人，他是一個不想人知道他身分的人。

簡言之：他是一個特務！

高翔幾乎已可以斷定他是中毒死的，但是，在他的身上，高翔卻找不到傷痕，對那張可怖的臉容望了半天，也無法知道那是什麼人。

過了不多久，三輛警車駛到，好幾個警員一起跳下來，攝影人員拍著照，忙碌了起來，高翔在走廊中，不斷地踱著步。

這個人，已是死在這裡的第三個死者了。

第一個，是死在廁所中的郭爾準中校，那個蒙古人。

第二個，是××領事館的副領事。

第三個，則是如今正在接受攝影的中年人。

這三個人，第一個是出了名的國際情報販子，第二個毫無疑問是間諜人員，第三個顯然也是同路，而且來頭也不見得會小。

三個間諜人員在這裡神秘喪生，那麼，在這進行著的，究竟是一件什麼樣的諜報活動呢？它的性質究竟嚴重到什麼地步呢？

高翔的雙手緊緊地握著拳，但是那對於他獲得答案卻並沒有什麼幫助。

兩個警官來到了他的身邊，行了禮道：「高主任，例行手續已辦完了。」

「嗯，」高翔吩咐著，「將死者帶回去，作徹底的檢查，用一切辦法，盡快地調查他的身分，和他近日來的行蹤，他可能是個情報販子，將我們所知的潛伏在本市的情報販子，不管近來有沒有活動，都召他們前來認這個人！」

高翔一口氣講到這裡，頓了一頓，道：「對外封鎖消息，不能洩露，尤其是不能對軍方的情報部門洩露，明白了麼？」

那兩位接受命令的警官，顯然對最後的命令感到奇怪，但他們全是高翔的老部下了，他們自然知道，高主任的命令，是必須徹底執行的。

是以他們答應著，退了開去。高翔望著警員將死者抬上了車子，他的心中還在想：那個打電話的人，將自己引到這裡來，究竟是什麼用意呢？

突然之間，高翔的身子發起震來！

那是因為他陡地想到，那個打電話來的人，他的目的，根本不是將自己引到這裡來，而只是要使穆秀珍一個人留在家中！

他為什麼要使穆秀珍一個人留在家中？那當然是有陰謀了，而自己竟一直到此時，才想到了這一點，高翔立即向一輛摩托車奔去。

他將本來正要跨上摩托車的一個警官，推了開去，然後，推著車子，奔了兩步，飛身躍起，上了車子，車子也發出了一陣巨響，疾駛而出！

他必須立即趕回去！雖然，他知道自己出來已近一小時有餘，如果有什麼事發生，可能早發生了！

他離開穆秀珍已有一小時多，現在已是十時一刻了！

高翔的車速之高，令得摩托車在路上，不斷地跳著。

在市區之中，高翔還無法不顧到交通規則，但是一出了市區，高翔便將車子的速度提高到八十哩以上，摩托車像箭也似地飛馳著。

高翔很快就接近木蘭花的住所了，遠遠地，他看到屋子中有燈光透出來，他心中略為放心了一些，因為情形和他離去的時候相同。

他幾乎是立即來到了門前，停了下來，叫道：「秀珍！」

四周圍已經十分寂靜了，而高翔的那一下呼叫又是那麼大聲，幾乎在半哩之內都可以聽到。他一面叫，一面推開鐵門。

在他推開鐵門之際，他預期著秀珍會奔出來，可是，卻並沒有人出來！

高翔推開了鐵門，走進花園，他繼續在叫著：「秀珍，秀珍！」他看到大門，慢慢地打了開來，可是，門卻是被風吹開來的。

高翔的心中，生出了一股寒意。

他終於又大叫了一聲，道：「秀珍！」

隨著那一聲叫喚，他「砰」地撞開了門，衝了進去。

然而，當他衝了進去之後，他卻呆住了。

客廳中的陳設，被破壞的程度之劇烈，就像是有兩連軍隊闖了進來，並在這裡進行過一場劇烈的爭奪戰一樣！

高翔先奔到了電話機之旁，他立即發現，電話線也被扯斷了，他奔到了樓上，樓上的破壞情形，也和樓下差不了多少，連幾隻枕頭也被割破了。

高翔是怎樣走下樓來的，這一點，連他自己也不知道。因為他的心中，實在是悔恨到了極點！他悔恨何以讓穆秀珍一個人在家中！

如今，穆秀珍到哪裡去了呢？

高翔在一只翻倒了的沙發上，木然地坐了下來。

整件事，都太複雜，太難以捉摸了，而又必然地和最激烈、最無人性的國際特務鬥爭有關，那麼，穆秀珍實在是凶多吉少了！

高翔呆呆地坐了五分鐘，才站了起來，這時，他才看到，地上有一條銀手鍊十分粗，當然是在打架中被拉斷的。

而這條銀手鍊，高翔一眼就可以看出，那是雲四風的！

高翔連忙一個箭步跨了過去，將之拾了起來，不錯，那的確是雲四風的東西，在鍊上有著雲四風自己手刻的祥雲花紋。

高翔搖了搖頭，竭力使自己混亂的腦筋靜下來，他揣測著自己離開之後所發生的事情。他知道，當自己離開之後，穆秀珍一定打了電話給雲四風。

然後，當然是雲四風來了。

而在雲四風來了之後，敵人也來了，敵人為數一定不少，不然，不足以造成那麼巨大的破壞，而從二樓的一切也遭到了破壞這一點來看，敵人來的目的，當然不是打架，也不是為了打人，看情形，他們是來找一樣東西，所以才將屋中的一切全改變了位置的。

他們來找什麼呢？

高翔只不過略想了一想就想到了：那根手杖！

但是，高翔想到了這些，卻是沒有什麼用處的，因為高翔不知道如今穆秀珍和雲四風兩人的命運如何，也不知道那幫敵人是什麼人。

那幫敵人，會不會是××領事館方面的人呢？

這一點，木蘭花回來之後，可能有答案，因為木蘭花正是到那個領事館去的，以她的才能而論，是不應該什麼都探聽不到的。

木蘭花或者會打電話回來，可是電話線卻已斷了，但是這也好，因為木蘭花如果打不通電話，那麼她一定會想到是出了事，而快一點趕回來的。

高翔在凌亂的客廳中，踢開了一盞檯燈，和一張沙發，以及一大堆書，騰出了一個五呎見方的地方來，來回地踱著步。

他盡量使自己鎮定下定，以便將所有的事情作一個連繫，到如今為止，已經死了三個人，那三個人，可以算是兩類。

一類，是情報販子。

另一類，是職業特務。

而令得這三個人致死的，當然是另一方面的勢力。

如今擄走穆秀珍和雲四風的，當然有可能的是那第三方面的勢力，但他們也未能得到那根手杖，手杖落在什麼人手中了？

難道還有第四方面的勢力在？

事情越想越是複雜，也越來越令人頭昏腦脹。

高翔在木蘭花的住所中，逗留和苦苦思索了五十分鐘，兩輛摩托車在花園前停了下來，車上的兩個警官躍了下來。

一個警官叫道：「看，車在這裡，高主任一定在。」

另一個則已叫道：「高主任！」

高翔在一聽到摩托車的聲音之際，最希望的是木蘭花回來了！這時，他多少有一點失望，但是他也立即高聲應道：「進來！」

那兩個警官快步奔了進來，他們進來之後，一看到屋中的凌亂情形，便不禁一呆，道：「高主任，發生了什麼事？」

「我也不知道。」高翔苦笑了一下。

「報告主任，那死者的身分已然查明了，那是一個極其活躍的情報販子，多數在柏林、東京間活動，外號叫『軸心國之狐』，曾經在墨索里尼的情報本部中，擔任過相當重要的職務。他的死因，和前兩個人的死因一樣，中了劇毒！」

另一個警官補充道：「這種毒藥，一進入人體，便使得心臟麻痺，是以死的人，若不經過詳細檢查，是和心臟病發作無異的。」

高翔點了點頭，一切和他所料的相同。他是早已將今晚的死者，歸入了早幾天死在廁所中的那個蒙古人是同一類的了。

現在的問題是：究竟是什麼事，使得這些第一流的情報販子，全都集中到本市來，而且他們之中的兩個人，已然遭到殺害了呢？

所有的秘密，當然在獲得那手杖之後，便可以分曉。

但是，兜來兜去，問題又兜到老地方來了，那根手杖，如今落在什麼人的手中了呢？

高翔苦笑了一下，道：「你們分出一個人，快去接通這裡的電話，另一個去通知總局，多派些人來，守衛著這裡——」

高翔才講到這裡，只聽得門外突然有一個人接口道：「為什麼要多派些人來？可是不準備在這裡接見任何客人麼？」

高翔陡地抬起頭來。

只見一個人，以一種十分瀟灑的姿態，倚在門上，他是一個身材修長的中年男子，穿著一件花格子呢絨的大衣，戴著帽子。

這時，他正向屋內走來，脫下了帽子，向高翔彎了彎腰，又道：「可是，對不起得很，我已經來了，高先生，你不會拒絕接見我吧。」

高翔冷冷地望著他，又冷冷地道：「你是誰？」

「我？」那人將一隻腳踏在一張倒翻了的沙發上，聳了聳肩，道：「我是一個生意人，我是向高先生來報告一項消息的。」

那兩個警官正待衝了上去，但是高翔卻擺了擺手，止住了他們，同時又冷冷地道：「那我應該好好地謝謝你了，你的消息是什麼？」

那人笑了起來，他的牙齒平整而潔白，這顯示出他是一個十分有主意，而又十分狡猾的人，這一種人，是很不容易對付的。

他道：「我帶來了穆秀珍和雲先生兩人的口信。」

高翔的心中，陡地一震。

但是他也有這個鎮定，來維持他臉上的不動聲色，甚至裝到像是對這件事一點也不感到興趣一樣，懶洋洋地道：「這是意料中的事。」

那人笑了起來，道：「高先生當然可以料得到，因為你定然也已知道我們並未曾得到我們要的東西，當然是一定會來的了。」

高翔乾笑了兩聲。

那人道：「他們兩人很好——目前是，但如果在二十四小時之內，我們仍未接到閣下或是木蘭花小姐送來的東西時，他們的處境就會改變了。」

高翔的心中，已然極其憤怒了，那傢伙居然擄了人，而且還要前來勒索，這實在太可惡了，他厲聲道：「你們要什麼？」

「當然是那根手杖，高先生。」

「我給你！」高翔猛地一掌，向那人揮去。

可是那人的出手卻也不慢，他突然伸掌，托住了高翔的一拳，道：「最好別動手，高先生。」接著，他突然撮唇一嘯。

隨著那一嘯，只聽得四面八方，皆傳來了「乒乒」的玻璃碎裂之聲，好幾扇玻璃窗，全被烏黑的槍管打破，而那些槍管也一齊伸了進來。

高翔迅速地四面一看，自窗中伸進來的手提機槍，一共有八柄之多，全都對準了他們，握槍的人，則由於外面的光線黑，所以看不清楚。

那人得意地笑了起來，說道：「所以，我們還是——」

可是，他一句話未曾講完，高翔五指如鉤，已經突然抓住了他的手腕，緊接著，身子一轉，已將那人的手臂整個扭了過來。

那人的背部變得緊貼在高翔的身前，他發出了一下驚心動魄的呻吟聲來，那八柄手提機槍，也一齊都震動了一下。

但是卻沒有一柄開火。

因為在這樣的情形之下，若是一開火，高翔固然難免變成蜂巢，那人卻也一樣不得好死的。那兩個警官早已伏下身來，也持槍在手。

高翔也不躲避，仍然站在客廳的中央，他冷冷地道：「那根手杖，先生，你要我將那根手杖，在二十四小時之內送到什麼地方去？」

那人的肩骨只怕給剛才高翔用力一扭時，已然扭脫了臼，是以他不停地呻吟著，道：「你不是誠心和我談判！」

「你錯了，我很有誠心！」

「那你放……放開我！」

「是你先表示不誠心的，先生，你以為八挺機槍可以嚇倒我，但如今，我至少叫你明白，你是嚇不倒我的，而且，我不喜歡被恐嚇！」

那人喘著氣，道：「我明白了，我明白了。」

高翔還是不放開他，只是冷冷地道：「叫外面的人都進來，並且，要將他們手中的武器，全都放在地上，我們才好繼續再談些什麼。」

「那太過分了！」那人高叫著。

「一點也不！」高翔斬釘截鐵地回答。

「好，」那人側著身子，盡量減少著痛苦，然後叫道：「你們全進來，放下武器，我要和高先生在和平的情形下談判！」

八個穿著黑衣服的大漢走了進來，他們全將手中的手提機槍，用力地拋到了地上，那兩個警官連忙各自拾了一柄在手。

高翔鬆開了手，那人向前衝出了兩步，跌了一下，才又扶住了桌子站定，他神色蒼白，道：「二十四小時之內，將那根手杖，送到……文斯大酒店，一一〇四號房。」

「穆秀珍和雲四風兩人呢？」

「一送到，他們就可以恢復自由。」

「有什麼保證？」

「這個。」那人伸手進上衣袋中，取出了一張名片來，交給了高翔，那張名片和普通的名片一樣大小，但卻是白金打成的。

在名片上，用黃金絲鑲嵌出一個名字：歌芳伯爵。

高翔呆了一呆，他是知道歌芳伯爵的名字的，那是一個可以說是世界上最神秘的人，無數想見他一面的人都會失望，因為根本沒有人知道他住在何處，以及他是什麼樣人。但是，他卻有相當數量的部下，他有著一個組織，據說，這個組織中的人物，全是各國的沒落貴族。歌芳伯爵本身，就曾經是俄國的貴族，他的叔父一度是沙皇面前最紅的人物，因之，有人將歌芳伯爵的這個組織，叫作「貴族集團」。

「貴族集團」極少活動，他們的活動，幾乎全是十全十美的，例如，瑞士幾家大銀行，在去年都有巨額存款的轉移。

這幾筆巨額的存款，全是秘密存款，存款人既不留下姓名，也不留下簽字，他們和銀行方面的默契，只是一個秘密的號碼。也就是說，要提取這一類的存款，是根本不認人，也不認簽字的，只消說出一個號碼，就可以了。

存這種存款的人，大多數是納粹的將領。第二次世界大戰結束之後，盟軍的軍事法庭為了要調查納粹將領的存款，曾要求瑞士的銀行公開這一些存款的秘密，但是瑞士銀行為了維持傳統，卻予以堅決拒絕。

據傳說，去年的那幾筆巨額存款的轉移，便是「貴族集團」不知用什麼方法，弄到了存款的秘密號碼，銀行方面自然照付如儀。

當然，「貴族集團」還有許多別的「案子」做，但大都和上述的那一類相仿，是沒有直接的受害者，是以他們的行動，也一直得以維持極度的秘密。

有關這個集團的一切，幾乎全是傳說，是以高翔忽然得到了歌芳伯爵的名片，實在不禁為之一呆，因為他不知道「貴族集團」是從什麼時候起，介入了情報活動的。

在高翔發呆間，那人又道：「這便是保證了，高先生，伯爵的信條是絕不傷害人，而不到萬不得已的時候，他根本是不會殺人的。」

高翔冷冷地道：「你們居然也介入骯髒的特務鬥爭了？」

那人一呆，然後說道：「我很高興聽到你這樣說。」

高翔一呆，卻不知道他這樣說，是什麼意思。

他只是問道：「如果在二十四小時之內交不到呢？」

「唉，」那人嘆了一聲，「歌芳伯爵雖然反對死亡，但是他在逼不得已的時候，也會做出一些他不願意做的事情來的。」

高翔自然是知道，他是沒有那手杖的。

那手杖，已在一次「車禍」中失去了。

但是高翔卻難以向那人講明這一點，而且，事實上，他就算講了，對方也不會相信的，他必須裝成在二十四小時之內可以做到對方的條件那樣，那麼他就可以保持這個線索了。

從那個線索，至少可以追查穆秀珍和雲四風兩人的下落，而如果在二十四小時之內，他仍未能有所進展的話，那對他來說，自然是十分不利的。

然而，那卻已是二十四小時之後的事情了。

高翔是相信在二十四小時之內，不致於一無進展的。

他沉聲道：「那樣說來，歌芳伯爵在本市了？」

「伯爵在何處，是絕沒有人知道的，但是我們卻隨時都可以和他進行聯絡，接受他的指示的。」那人一面向後退，一面說著。

「在文斯大酒店中和我見面的是什麼人？」

「我也不知道，我只是負責將這個消息告訴你而已。」

「哼，」高翔冷笑了一聲，「你們的組織倒很嚴密啊，你別再退了，我想，如果我將你扣留，一定可以在你的口中探出秘密來的。」

那人搖了搖頭，道：「我當然不會說什麼。」

「在接受注射之下呢？」

「我們的人在接受任務之時，事先都曾先注射過『反誠實液』，如果你替我注射一種能使我講實話的藥物，那麼結果將是我出現腦神經分裂的症狀。」

那人從容地回答著。

高翔當然不是完全相信了那人的話。

但是他卻考慮到，在穆秀珍和雲四風兩人還在他們手中的時候，他即使逮捕那人，也不會有多大的作用，因為那人只不過是一個小角色而已！

是以，他不再說什麼，只是揮了揮手，道：「去吧！」

那人帶著八個槍手退了開去，轉眼之間，便沒入在黑暗之中，接著，他便聽到了一陣汽車引擎的發動聲，那九個人遠去了。

高翔沉思了兩分鐘，才沉聲道：「你們兩人，仍照我剛才的吩咐去行事，只要木蘭花一回來，便請她用秘密通訊線和我聯絡。」

「是！」那兩個警官連忙答應。

所謂「秘密通訊線」，事實上便是無線電通訊儀，但因為這種通訊儀的體積已改進得十分小，而且，通訊的途程也相當遠，在二十哩之內，可以聽到清晰的聲音，只不過相互通訊之時，先要經過總局通訊室的接駁，是以才稱之為「秘密通訊線」。

4 奧拉婷夫人

高翔走出了木蘭花的住所，跨上了摩托車。

當他的車子在公路上疾馳的時候，他從後照鏡中可以看到，至少有三輛汽車在跟蹤他，而且，跟蹤的技術也相當高。

其中有一輛跑車，為了消除他的疑心，在轉到市區之際，便超過了他，但是還有兩輛車子，相隔三五十碼，一直跟在後面。

高翔將車子控制在中等速度，那樣，他便不必全神貫注，而至少可以約略地再將事情來檢討一下了。

首先，他肯定跟蹤他的人，一定是「貴族集團」的人物。

「貴族集團」中的人之所以跟蹤他，目的是要弄清楚他究竟是不是準備在二十四小時之內履行諾言，將東西交出去。

將穆秀珍和雲四風擄走的，也是「貴族集團」中的人，這也是毫無疑問的了，那麼，殺了那個人，又來報信給自己，把自己引開的人，是不是也是「貴族集團」

的呢？

那看來不能併為一談，「貴族集團」有理由將自己引開，但正如那人所說，「貴族集團」非到萬不得已，是不殺人的。

而如今，被殺的人已有三個之多，且是死在同一個手法之下的，可以說，殺人的事情和「貴族集團」無關，那麼，是哪一方面的人在行凶呢？

高翔想來想去，仍是不得要領，因為事情實在太複雜了，他決定先將事情簡單化，那就是說：什麼也不管，先將穆秀珍和雲四風救出來再說。

他的車子直駛進了警局的總局，停了下來，他走了進去，他在自己辦公室的窗子中，通過望遠鏡，向下看去。

他看到一輛不起眼的黑色小房車，就停在警局對面的馬路轉角處，那輛小房車，正是曾跟蹤他的三輛車子中的一輛。

還有一輛車子，大約守在警局的後門，高翔冷笑了一下，他先查閱了一本名冊，每一間具規模的酒店，必然聘有能幹的私家保安人員駐在酒店之中的，高翔略一翻查，便已查到了文斯酒店的保安負責人是雷貝。

雷貝是來自夏威夷的名探，高翔和他的交情很不錯，他先和雷貝通了一個電話。十分鐘後，有一隊警員走出了警局的正門。

那隊警員在走出了警局的正門之後，魚貫登上了一輛警車，響起警號，駛了開去，那輛黑色的小房車仍然停著不動。

一分鐘之後，一個穿著皮短大衣的人，匆匆走了出來，登上了高翔的汽車，駛著車子走了，那輛小房車立即跟在後面。

而十分鐘之後，脫下了警察制服的高翔，已自那輛警車上跳了下來，他穿過了兩條街，便從文斯大酒店的後門走了進去。

二十分鐘後，文斯大酒店十一樓，多了一名年輕、英俊，但是卻穿著侍者制服的人，那便是高翔，他在走廊中走著，停在一一〇四號房前。

在他未曾上來之際，他已經在酒店的登記冊上查明白，住在一一〇四號房中的，是來自南美巴西的奧拉婷夫人，當然，高翔不希望那是真名。

但是，他卻知道，這個女人當然是和「貴族集團」有關的人，他在門外吸了一口氣，鎮定了一下，然後伸手輕輕敲門。

門內傳來一個十分動聽的聲音道：「進來！」

高翔旋開門，以十分有禮貌的聲音道：「夫人，有什麼吩咐？」

他一面說，一面才漸漸抬頭看去。

那位奧拉婷夫人，是一位四五十歲的貴婦人，風度十分之佳，雖然她只是坐在那裡，但是高翔可是毫不懷疑地肯定她是一個真正的貴婦。

那時她露出訝異的神色道：「我有叫你嗎？」

「是的，」高翔回答，「等候你的吩咐。」

「你弄錯了，年輕人，我並沒有叫過你。」

「噢，」高翔抱歉地一笑道：「那一定是服務鈴的線路有毛病了，請允許我檢查一下可以麼？」

「當然可以。」

高翔走進了房中，似模似樣地檢查著，他在走近茶几的時候，將一個小型的偷聽器吸在茶几的下面，然後，他又道歉，退了回來。

當他一退出來，他就將一個耳機塞在耳中，那麼，在那間房間中，不論有什麼聲音傳出來，他都可以聽得清清楚楚的了。

他坐在十一樓侍應生的櫃檯後面，等著。

這時，他所希望的是，他能夠聽到這位奧拉婷夫人和她同黨的聯絡，從而知道穆秀珍和雲四風兩人是在什麼地方。

但是，這位貴婦人卻幾乎什麼聲音也沒有發出來。高翔一直只是聽到紙張翻動的聲音，大約過了半小時左右，房間中有輕音樂的聲音傳出來。

又過了十來分鐘，高翔看到自門下縫中透出來的光芒也已熄了，那表示這位奧拉婷夫人已經熄燈就寢了，這不免令得高翔沉不住氣了。

如果這時，高翔再不採取行動，那麼，至少要等上一夜了。雖然過了一夜，還是未到二十四小時的限期，但是卻也過了一半了。

而那一夜，將是白白等待的。

高翔站了起來，來回地踱著步，他忽然想起，如果這時，自己得了那根手杖，依約到一一〇四號房去的話，那麼，那貴婦會做些什麼呢？

依照約定，手杖一交到，是應該立即放人的，那麼，當然是奧拉婷夫人用什麼方法通知她的同黨放人了，她將用什麼方法？

而那根手杖，照外形看來，十分普通，就算手杖上有著什麼秘密，怕也不是一時可以找得到的，那麼，一根假的手杖怎樣呢？

一根假的手杖，是不是可以騙出穆秀珍和雲四風來呢？

當高翔才一想到這一點的時候，他只是隨便想了一想，便將這個念頭撇了開去，因為他想，事情是不會那麼容易的。

但是，當他又踱了幾個圈子之後，他卻漸漸感到這件事並不是行不通的，至少他也可以藉此探聽一下對方的反應，那要比枯守一夜好得多了！

他連忙打了一個電話，吩咐他的手下，帶幾根手杖，和必須的化裝用品來，半小時之後，高翔已貼上了鬍子，戴上了眼鏡，手中拿著一根手杖。

那根手杖的形狀，和××領事館的那個特務所持的，樣式十分近似，高翔持著手杖，來到了一一〇四號房前，伸手叩門。

他叩了相當久，才看到燈光亮了起來。

接著，門球旋動，門被打了開來。

奧拉婷夫人穿著一件十分華貴，上面綴有孔雀毛的睡袍，站在門口。

高翔假作錯愕地呆了一呆，才道：「如果我沒有走錯房間的話——」

他一面說，一面將那張金子鑲成的名片，揚了一揚。

奧拉婷夫人笑了起來。她年輕的時候，一定十分美麗，而這時候，她也不失風度，只聽得她道：「先生，你沒有走錯，你是高先生？」

高翔心中一呆，但立即想到，她一定是早得到通知的了，因此他立時道：「不是，但是你們要的東西，我已帶來了。」

他揚了揚手中的手杖。

「那太好了！」奧拉婷夫人作出歡欣之狀。

「可是，我們交換的兩個人呢？」

「當然他們會立即獲得自由的！」奧拉婷夫人說著，伸手將電燈關了又開，一連五次，「你離開的時候，他們已經自由了！」

高翔笑道：「你不檢查我帶來的東西是不是真的？」

奧拉婷夫人剛才連續將燈開關了五次，那分明是一種信號，那是不是叫她同黨放人的信號呢？如果是的話，難道事情那麼順利麼？

是以，高翔才特意這樣問上一下的。

奧拉婷夫人一聽，笑了起來，道：「何必檢查？」

「那麼，你相信一定是真的了？」高翔壓不住高興。

「當然是假的！」奧拉婷夫人這樣回答。

這是高翔絕未料到的，他非但滿臉高興化為烏有，而且，在如今這樣的場合之下，實是令得他覺得尷尬到了極點！

「而且，」奧拉婷夫人繼續道：「如果你以為用那麼一根假手杖，就可以換取穆秀珍和雲四風兩人的自由，那你也未免太異想天開了！高先生！」

最後那一下「高先生」的稱呼，更是令得高翔恨不得有一個地洞，可以供他鑽下去！他乾笑了幾聲，道：「你，你很精明，夫人！」

奧拉婷夫人冷笑了一聲，突然，電話鈴響了起來，奧拉婷夫人走過去，拿起電話來，高翔沒有辦法可想了，他突然用手槍對準了她。

奧拉婷夫人的神色不變，她仍然聽著電話，道：「是，好的，我立即將它交來。我們仍在原來的地方見面，我已經確定了，通知他到東段公路的交岔點去接那兩人？好的，我會吩咐他的。」

這時候，高翔的心中實是亂到了極點，因為他實在不明白奧拉婷夫人在電話中那樣說法，是什麼意思，他雖然已握槍在手，但是仍然不知如何才好。

奧拉婷夫人笑著，來到了他的身邊，突然道：「高翔，你的辦法雖然妙想天開，但是卻恰好使我的計劃順利完成了，將手杖給我吧！」

在那一剎間，高翔將雙眼睜得老大，他的臉上，也現出了如同正在夢幻之中的那種神色來，他喃喃地道：「你……你是蘭花？」

「奧拉婷夫人」點了點頭。

高翔仍然不肯置信，雖然他已聽出了剛才那幾句話，完全是木蘭花的聲音，他搖著頭，道：「這是不可能的，蘭花！」

「等一會再和你詳細說，秀珍和雲四風在東段公路的第一個交岔點，你趕快去，我還有一點小事要辦，我們在家中相會，去吧！」

高翔如同做夢一樣地向外走去，大概是腳下的地氈太軟了，是以他似乎像是踩在雲端上一樣，那是在夢幻中的感覺。

高翔在走出門口之際，還用力在自己的手臂上扭了一下，那一下，由於用的力道實在太大了，痛得他幾乎大叫了起來。

那不是在夢中，是事實！

在一一〇四號房中的，不是什麼「奧拉婷夫人」，而是經過了神奇化裝的木蘭花，這究竟是怎麼一回事，高翔還不明白，但是高翔至少可以知道，那是事實！

而他，必須盡快地趕到東段公路的第一個交岔點去接穆秀珍和雲四風兩人，他們已經得到自由了。

高翔很想回頭向房門口再看一眼，但是他卻又不敢看，因為事情實在太妙了，他怕回頭一看之下，發現那原來不是木蘭花，那豈不是白高興了嗎？

他匆匆地走出了文斯大酒店，向指定的地點而去。

在房間中的木蘭花，一等到高翔走了之後，就走進套房的臥室，拉開了衣櫥，只見一個中年婦人，被床單綁得結結實實地站在櫥中。

木蘭花抱歉地一笑，道：「真對不起，夫人，但是你們的集團，既然卑劣到了用這種手法來進行勒索，我只不過是效法十分之一、二而已。」

那中年婦人的口中有布塞著，她只能發出憤怒的唔唔聲。

木蘭花又笑了一下，道：「你大可不必心急，在我離去之後，我想，在對面大廈窗中監視的人，一定會發覺我何以那麼久仍未將手杖交出來，而趕過來看視，將你放開的。多謝你真誠的合作，連續開關五下燈，真的表示手杖已到手了！」

那位中年婦人——她當然是真的奧拉婷夫人，仍然不斷地發出憤怒的「唔唔」聲來，木蘭花則輕輕地將櫥門再度關上。

她向外走去，打開了門，在門口略停了一停，便向走廊走去，來到了升降機前，在那個電話中，對方只是吩咐她將手杖送到「固定的地方」去，木蘭花當然不知道「固定的地方」是什麼地方，她也沒有向奧拉婷夫人逼問，因為她已料到，在整件錯綜複雜的事件中，「貴族集團」並不是主角，而只是其中的一角而已。

殺人的不是「貴族集團」，藏有未為人知的秘密手杖，也未曾落在「貴族集團」的手中，「貴族集團」來找她麻煩，那只是找錯了目標。

而木蘭花當然不願意做找錯目標的事的，是以她不想再和「貴族集團」間有什麼麻煩。

她決定一離開酒店之後，就逕自回家。

因為在和「貴族集團」的第一次交鋒中，她已獲勝了！

她這次獲勝，可以說是「異軍突起」的，而且，多少也有些偶然的成分在內，而高翔的誤打誤撞，更使得她早一點得到了成功。

木蘭花到××領事館去，可以說一點也不得要領。

××領事館是一幢大花園洋房，辦公室在花園的中心，圍牆高達三碼以上，要翻牆而過，幾乎是不可能的，因為牆上顯然裝著電網。

而就算翻過了圍牆，在通向房子處，還有三道壕溝，溝後都有守衛的人，和十分雄偉的狼犬，只有一條堪供一輛車子駛過的路，那條路，有七八盞強烈水銀燈照著，別說是一個人，就是有一隻螞蟻爬過，也立即會被守衛的人所發現的。

木蘭花在來之前，未曾料到領事館的戒備，竟是如此的嚴密，嚴密得比交戰時的作戰本部更甚，那是很少機會能混進去的。

但是木蘭花還是不立即放棄她的計劃，她在不遠處的一個陰暗角落中隱藏著，注意著領事館中的動靜。她看到幾輛車子駛出去，也看到有車子駛回來。

她等了很久，直到她感到這樣枯候下去，根本起不了什麼作用，而且也幫不了她進入領事館之時，她才決定放棄這項計劃。

而當她回到家中的時候，她在離家還有近一百碼的距離間，便已經從停在門口的車輛中，知道家中又有什麼事發生了。

她一發現家中可能有什麼事發生，照例是絕不從正門進去的，她繞到牆後，攀了進去，等她輕輕地來到了由廚房通向客廳的門口之際，她剛好聽到了高翔和那人的全部交涉過程。

她比那人和八名槍手早離開一步，她是立即來到了文斯酒店的。

到了文斯酒店之後的事情，便簡單得多了，她輕而易舉地制服了那位奧拉婷夫人，換上了她的衣服，就在酒店的房間中進行化裝。

她又自奧拉婷夫人的口中，得知對面的大廈中，某一個窗口內，有人監視著這間房間，而如果手杖送來了，通知放人的信號是連續地熄上五次燈。

木蘭花本來的目的，是想等到天色將明時，便不顧一切地將燈熄上五下的。但是，她卻又不能沒有顧忌，因為在對街的大廈中，既然有人在注意著這裡，她勢必不能將套房外間的窗簾也一起拉上的，那將使人起疑，她只是拉上了一層薄紗。

而這層薄紗，可以使在對街的人約略看到室內的情形，那麼，如果對街的人在進行監視的話，她一個人忽然發出了已得了手杖的信號，不是太滑稽了麼？

正在她為這個問題傷腦筋的時候，假扮侍者的高翔進來「檢查線路」了，木蘭花幾乎要忍不住大笑了起來，但是她卻忍住了沒有笑。

因為這時，她對整件事將會如何發展，還是一點把握也沒有的，當然，高翔在，對她是有幫助的，她知道高翔絕不會離去的。

當高翔「檢查線路」完畢之後，她心中已有了一個具體的計劃。高翔既然在這裡，那自然是最現成的助手，她可以叫高翔拿著手杖進來。

高翔進來，如果對街有人在監視著，就可以看到「奧拉婷夫人」在和人打交道，那麼，再發出信號來，不是更像真的了麼？

她準備休息片刻，在凌晨時分進行。但是，還未等她吩咐高翔，高翔已拿著手杖進來了……一切似乎都配合得天衣無縫，她自然要和高翔講幾句話的，這是她和高翔開了一個小小的玩笑。

木蘭花想起剛才高翔那種如在夢中的神情，她忍不住感到好笑，升降機到了，她跨了進去，升降機很快地就到達了酒店的大堂。

當然，木蘭花也知道「貴族集團」不會那樣就肯甘休的，但是這一個回合的交鋒，至少可以使對方知道自己不是好惹的！

木蘭花走出了酒店的大門，穿著制服的侍者替她叫來了街車，木蘭花跨進了車子，報了地址，司機駕著車，疾駛而出。

木蘭花一直陷在沉思中，因為她對整件事究竟是怎麼一回事，仍然沒有一個十分明確的概念，她必須好好地思索。

正由於這個緣故，使得她竟在足足五分鐘之後，才發覺那司機所駛的路途不十分對，她忙道：「咦，你沒聽清楚我告訴你的地址麼？」

那司機咕噥著一聲，將車子停了下來。

木蘭花應變何等之快，她立時知道事情有什麼不對頭之處了，她倏地伸出手來，自後面緊緊地箍住了那個司機的頸子。

她的動作是如此之快，而且如此之強有力，那司機立時發出了一下悶哼聲，手舞足蹈地掙扎著，木蘭花一出手已制住了那司機。

然而，那時已經遲了，對於改善木蘭花的處境，已然沒有多大的幫助了。車子停下來的地方，恰好是在一個十字路口。

就在木蘭花伸臂箍住了那司機的頸部之際，四條路上，都有車子開大了車頭燈，疾駛了過來，停下，每一輛車中，有四個人跳出來。

一共有十六個人，圍住了車子。

車門被打了開來，一根手提機槍的管子伸了進來，一個聲音喝道：「放開他，小姐，你不必希望會有奇蹟出現，我們一共有十六個人之多！」

當木蘭花一感到事情不對頭之際，她的心中甚至還有十分好笑的感覺，因為她以為那是她假扮奧拉婷夫人扮得太像了，以致另外有人以為她是「貴族集團」的人，而來綁架她了，這不是很有趣麼？

可是這時，她向外一看時，那種感覺卻消失了。

外面團團圍住了車子的十六個人，一色的黑色西服，和曾經闖進她家中的那八名槍手的服飾是完全一樣的，甚至武器也一樣。

那也就是說，那是「貴族集團」中的人！

更進一步的結論是：她假扮奧拉婷夫人的把戲，已然被對方拆穿了，那自然會導致許多惡果，第一，穆秀珍和雲四風兩人，將不會獲得釋放；第二，高翔到指定的地點去，非但接不到兩人，而且，還有可能發生重大的危險，那是自投羅網！

剛才，木蘭花還以為自己在這個回合之中，已取得了勝利，但是轉眼之間，勝利卻變成了失敗，而且還連累了高翔！

木蘭花的心中，自然極其沮喪。

而更令得她沮喪的是，毛病出在什麼地方，她竟然一點也找不出來。

她進酒店的時候，可以說絕未被跟蹤，她制服奧拉婷夫人，是在套房的裡間進行的，窗簾全拉得十分緊密，而且，奧拉婷夫人根本沒有機會發出任何求救的呼聲，那麼，對方是怎麼知道自己假扮一事的呢？

她只僵持了十來秒鐘，當她知道在如今這樣的情形下，她實是不得不服從對方的吩咐時，她鬆開了手臂，讓那司機恢復了自由。

那司機喘了一口氣，立時有兩名大漢進了車廂，一左一右，將木蘭花擠在中間，另一名則坐到了司機的旁邊，轉過身來監視她。

其餘的人，也紛紛跳進了其餘的車子，兩輛車子帶頭，木蘭花的那輛在中，又有兩輛在後，五輛車子，在深夜的寂靜街道上，疾駛而出。

木蘭花在車子駛行之後，才吸了一口氣，道：「你們將帶我到什麼地方去，我想，我應該有這個權利知道的，是嗎？」

「是的，一位重要人物要見你。」一個人說。

「是誰？」

「我們不知道。」仍是那個人回答。

「我是誰，你們知道麼？」木蘭花問。

那四個人一齊笑了起來，令得木蘭花十分尷尬，幸而他們笑的時間並不長，便道：「知道的，小姐，你是鼎鼎大名的木蘭花小姐！」

木蘭花苦笑了一下，「鼎鼎大名」這個形容詞，在她如今這樣的情形下，聽起來實在是一種莫大的諷刺。

她停了半晌，才又道：「可是歌芳伯爵本人要見我麼？」

那人冷冷地道：「我已說過了，我不知道。」

車子突然轉了一個彎，在一幢小洋房前停了下來，小洋房的樓下，燈火通明，前面的兩輛車子已駛了進去，木蘭花的車子也跟著駛進，直達門前。

然後，車門打開，木蘭花被押了下來。

洋房正面的落地玻璃門也在這時打開，一個五十上下，身形非常高，風度極佳，穿著晚禮服的男子，走了出來，道：「不要槍，木蘭花小姐既然來了，一定是樂於接受我的邀請，和我共進晚餐的，將槍收起來，再沒有比槍更破壞情趣的東西了！」

他一面說著，一面走下了石階，來到了木蘭花的面前，向木蘭花彎腰行了一禮，伸出一隻手臂來，好讓木蘭花挽著他。

這種貴族式的禮節，木蘭花看著，不禁十分好笑，而對方竟然對她如此之不防範，這也使她摸不透對方的葫蘆中究竟是在賣些什麼藥。

木蘭花笑著，將手插進了他的臂彎之中，兩人一起向屋內走去，屋中的佈置十分幽雅，一陣陣柔和的音樂，正從隱藏的揚聲器中傳了出來。

那中年人請木蘭花坐下，然後雙掌互擊，立時有穿了雪白制服的僕人躬身侍立，那中年人道：「客人來了，吩咐餐廳準備。」

木蘭花在這樣的情形下，自然沒有必要再掩飾自己的身分了，她站了起來，道：「如果閣下可以允許我將臉上的化裝抹去的話——」

那中年人道：「當然可以，請！」

他又擊著掌，一名女侍應聲而至，將木蘭花帶到了化妝室中。木蘭花抹去了臉上的化裝，回復了本來的面目，又走了出來。

自那中年人的口中，立即滾出了一大串的讚美詞來，使木蘭花覺得，他們簡直是在演戲一樣。

木蘭花在和他一齊走向餐廳的時候道：「你還未曾向我自我介紹哩！」

「唉，」那中年人嘆了一聲，有點憂鬱地道：「一個已被世界遺忘了的人，還有什麼重提姓名的必要呢？真要請你原諒了。」

木蘭花冷笑了一聲，道：「正好相反，歌芳伯爵的名字，正是很多人在日夜討論著的，世人何曾遺忘了你？你的假傷感，令人不敢恭維。」

「歌芳伯爵？」那中年人笑了起來，「哈哈，小姐，你錯了，你以為我是我們的首領歌芳伯爵的話，那你是犯了分析上的嚴重錯誤了。」

木蘭花的臉上，不禁紅了一下。

她本來不知道那是什麼人，但即使那人否認了，木蘭花仍然不放棄對方可能就是歌芳伯爵的想法。歌芳伯爵既然是一個行動十分神秘的人，當然不會隨便在人前暴露自己身分的。

他們走進了餐廳，餐桌早已佈置好了，光線十分的柔和，他們對面坐了下來，一個僕人推過了酒車，「噗」地一聲，打開了香檳。

木蘭花舉起了杯子，但是她卻並不喝。

她望著對方道：「為什麼你要邀我共餐？」

「為了道歉。」那中年人回答。

「道歉？」

「是的，我們要的那根手杖，並不在你這裡，但我們卻錯誤地以為是在你們處，以致不但搗亂了你的住所，而且還可怕地綁架了一位小姐和一位先生，唉，這是貴族集團中少有的丟人的事，我代表我們全體，向你致以最深切的歉意。」那中年人舉起杯來。

5 第三者

木蘭花仍然不喝。因為這時候，她心中的疑惑，也可以說到了極點。

對方的話說得十分誠摯，但難道對方這樣「請」她前來，真是為了道歉麼？

她冷冷地道：「如果要道歉的話，首先先得恢復他們兩人的自由。」

「當然，當然，他們兩人早已自由了，現在，大概他們已回到家中了。」那中年人說著，而且不等木蘭花要求，便又道：「你可以打電話回去查問的。」

他擊掌，一個僕人推著放有電話的小几前來。

木蘭花疑惑地望了那中年人一眼，拿起電話，撥動號碼，那中年人又道：「不過，我也有一點小小的要求，請別透露你在何處，以及和誰在一起！」

這時，電話在響了幾下之後，已有人拿起來了，木蘭花立即聽到了穆秀珍的怪叫聲，而聽電話的則是高翔，木蘭花問道：「高翔，一切都好麼？」

「好，蘭花，你在何處？」

「我很好，但我現在還有點事，暫時不能回來，秀珍在怪叫些什麼？」

「你自己聽吧！」高翔回答。

高翔當然是將聽筒拿往穆秀珍的方向去了，是以穆秀珍的聲音聽來十分清楚。

只聽得她罵了一連串令木蘭花瞠目結舌的難聽言語，然後道：「他媽的，我要將這些人的狗頭一個一個扭下來——」她罵到這，略停了一停，才又補充道：「——當球踢！」

木蘭花不禁有些啼笑皆非，但是，穆秀珍已回到了家中，那卻是毫無疑問的事情了，她放下了電話，心中思忖著，如今發生的事情，唯一的解釋，便是當對方知道他們所要的東西，的確不在自己的手中之後，便不想再和自己結怨了。

木蘭花才放下電話，那中年人已道：「小姐，你家中的一切損失，自然由我們來負全部的賠償責任，請你接受我的道歉。」

「你太客氣了。」木蘭花一口喝乾了酒，「我是失敗者，難得你還這樣說，這使我不能不認為你其實是在諷刺我！」

「不，不，絕不，木蘭花小姐，」那人忙道：「你絕不是失敗者，你的錯誤，只不過在於你對整件事情知道得太少而已。」

木蘭花微笑著，道：「是啊，直到現在，我仍然不明白我是在什麼地方露出了破綻，以致使你們知道了我假扮的身分。」

那中年人道：「這純粹是一個意外，那根手杖之中，藏著一份文件，手杖是用一種極其堅硬的木頭做成的，這種木頭只產在西伯利亞，它的堅硬程度，幾乎和鋼鐵相等，是可以用來作為機器齒輪的，而手杖是由十七個組成部分拼起來的，像一種拼湊遊戲一樣，要拆開來和拼起來都不是易事，我們之所以派出奧拉婷夫人，是因為她是這一類拼湊遊戲的專家，但即使她是專家，也至少要十五分鐘，方能將之拆開來，查看手杖的內部，是不是有我們所要的文件，而你——」

木蘭花「哈哈」笑了起來，道：「而我卻在高翔進來之後，不到五分鐘，就發出了可以放人的信號，這等於是在自我暴露了！」

那中年人微笑著，道：「但是這樣一來，卻也使我們知道，我們是找錯了目標，因為那根手杖，如果在你的手中，以你的精明能幹而論，是絕不會犯上這樣錯誤的，所以，我便決定請你來，接受我的道歉，並請你回答一個小問題。」

木蘭花這時對於對方道歉的誠意，已不再表示懷疑了，是以她的態度，也變得友善了許多，道：「你只管問就是了。」

那中年人端著酒杯，沉思了一會，道：「根據當時的情形看來，那根手杖，是應該落在你們的手中了，何以竟沒有呢？」

「那根手杖，」木蘭花回答著，「的確是落在我們的手中了，但當時我們卻根本不能肯定這手杖中有什麼，所以只是隨便地放在車廂中，而接著，就有人撞我們的車子！」木蘭花接著，將那天在市立藝術院前所發生的事說了一遍。

那中年人頻頻點著頭，他對木蘭花的話，也絕不表示懷疑，這時的氣氛，已一變而為十分的友善了，這是木蘭花也始料不及的。

那中年人等木蘭花講完，才道：「多謝你提供了我們線索。」

木蘭花立即道：「那份文件的內容是與什麼事有關的呢？」

那中年人笑了一下，道：「蘭花小姐，這一點，等整件事完畢，我們得到了我們所要的東西之後，一定會詳細告訴你的。」

木蘭花有些不愉快，道：「這算是有誠意的回答嗎？」

那中年人像是十分為難，呆了片刻，才道：「小姐，我們貴族集團的宗旨，是使自己發財，但絕不使別人受損失，你一定是知道的了？」

木蘭花並不出聲。

「這聽來似乎是十分矛盾的，」那中年人繼續道：「但事實上，世上的確有許多使自己發財，而又不損及任何人的門路，例如，我們將納粹高層分子，戈林和郭培爾的瑞士銀行中的存款提了出來，我們發了財，但誰受到了損失？」

木蘭花冷冷地問道：「現在在爭奪著的文件，難道也是和錢財有關，而不是和情報活動有關的嗎？」

「請你相信我，貴族集團對於政治是絕無興趣的。」

木蘭花問道：「那麼，兩個人已然死亡，第一個死的，卻是一個情報販子。」

「是的，死的人已增加到了三個，另一個是在今晚死的，也是情報販子，因為這個文件，是從一個情報部門洩露出來的。」

木蘭花還想講什麼，但是那中年人已然有禮貌地道：「請用餐，這是我的私人廚子煮的，如果你感到好吃，他將極其榮幸。」

談話被打斷了。

那是一頓極其豐盛的晚餐，但是木蘭花卻有點食而不知其味的感覺，因為她不斷地在想：這究竟是一件什麼樣的秘密？而且，為什麼事情全在市立藝術院中發生？又為什麼三個人全死在毒針之下？

她知道，對方肯告訴自己的，已到了極限了，而其餘的，必須她自己去探索，而對方當然是不希望她再插手的。然則，在事情未徹底解決前，她又如何肯罷手？

用完了餐，回到了起居室，木蘭花便提出了告辭，那中年人則彬彬有禮地送別，木蘭花登上了對方的車子，直駛回家中。

當木蘭花回到家中時，仍然聽到穆秀珍在大聲叫嚷，木蘭花一推開了門，穆秀珍便轉過身來，叫道：「蘭花姐，你看這群王八蛋——」

她話還未曾講完，木蘭花已然揚起了手來，道：「行了，我已接受了他們的道歉，並且，他們也答應全部賠償我們的損失了。」

高翔、雲四風和穆秀珍三人，都睜大了眼睛。

木蘭花將一張沙發翻了過來，坐下，將自己離家到領事館中去之後所發生的事，全部講了一遍，他們三人方始恍然。

高翔苦笑了一下，道：「就算貴族集團那一方面沒有事了，可是，領事館方面，卻仍然以為那根手杖是在我們手中的！」

木蘭花道：「是，我希望他們一直那樣以為，因為這對我們偵查手杖中究竟是什麼秘密，那是十分有幫助的。高翔，你去查一查，慣用毒針暗殺，而且，慣利用車禍來行事的，是什麼人？」

木蘭花的話剛一講完，只見雲四風突然叫道：「小心！」

他一面叫，一面陡地拿起一只花瓶來，向窗外疾拋了出去！

那只花瓶，「砰」地一聲響，打破了一塊玻璃，向外飛了出去，接著，便看到在黑暗之中，有一條人影疾竄了出去。

穆秀珍「哼」地一聲，一揚手，「砰」地便是一槍。

穆秀珍本就是射擊的能手，而這時的那一槍，出手更是快絕，槍聲才響，便看到花園中的那條人影，突然跌仆在地上。

雲四風和高翔兩人，身子躍起，從窗口之中，向外疾竄了出去，但是他們剛一落到了花園之中，那條人影卻又站了起來。

接著，又是「砰砰砰」地好幾下槍聲，將高翔和雲四風兩人射得抬不起頭來，只好伏在地上，那人影卻已向著圍牆疾奔而出。

穆秀珍伏在窗口，舉槍向著外面。

那人到了圍牆前面，圍牆上顯然早有一條繩子掛著，那人拉著繩子，又向上攀去，就在這時候，穆秀珍的第二槍又響了。

穆秀珍的第二槍，更是出神入化，槍聲才響，那人便「啪」地跌了下來，原來穆秀珍那一槍，竟射斷了自牆上掛下來的那根繩子。

那人跌在地上，一躍而起，又「砰砰」地還了幾槍。

雲四風和高翔伏在地上，木蘭花和穆秀珍兩人在屋內，他當然射不中什麼人，他一面還槍，一面向鐵門移近。

然而他只移動了一步，穆秀珍又是一槍。

那一槍，子彈緊貼著他的左頰掠過，射進了牆中，穆秀珍大聲叫道：「你要是再動，我下一槍，就射進你的雙眼之中！」

那人手中的槍疾揚了起來，對準了窗口。

可是，他卻連扳動槍機的機會也沒有，穆秀珍第四槍已然射出，正射在那人手中的槍上，子彈的撞擊力，令得那人手中的槍脫手飛了開去。

高翔和雲四風這時也一湧而上，到了那人的身前。

那人當然還想反抗，但是他卻已沒有反抗的餘地了，他揮出了一拳，未曾擊中高翔，反被雲四風一腳踢中了他的下巴。

那人的身子向後仰去，高翔一撲而上，將那人的雙臂扭到了身後，推著他向前便走，直來到了客廳之中，方始將他放了開來。

那人到了客廳之中，明知逃不掉，只是低著頭站著。

木蘭花等四人望著那人，那是一個身型瘦削的人，一身緊身的運動衣，顯然是為了夜行用的，這時，他臉色蒼白地低著頭。

木蘭花首先出聲，道：「你受傷了麼？」

那人搖搖頭，木蘭花又道：「我們沒有必要來浪費時間，你來做什麼？或者說是誰派你來的？」

「我……來偷一根手杖。」那人回答。

「是誰叫你來偷的？」

「我不知道，我是一個職業偷竊者，有人出錢叫我來偷東西，我是一向不過問僱用我的人，究竟是什麼人的。」那人一面講，一面雙眼骨碌碌地轉動著。

「好，那麼如果你偷到了手杖，你如何交給雇你的人？」

「在一家咖啡館中見面。」

「什麼咖啡館？」

「藍色池塘咖啡館。」

木蘭花聽了，不禁一呆。

高翔又問道：「藍色池塘？這間咖啡館是在什麼地方？」

但木蘭花卻道：「我知道了，那是一間小咖啡館，我知道，它就在××領事館斜對面的一條小巷之中，幾乎沒有什麼人知道。」

高翔吃一驚，道：「那麼，雇他的人是——」

木蘭花揚了揚手，不讓高翔再說下去，她來回踱了幾步，那人則不斷地用驚恐的目光望望這個，又望望那個，一聲不出。

約莫過了兩分鐘，木蘭花才道：「那個雇你的人，可曾和你約定什麼暗號？他是什麼樣子，你可以大致告訴我麼？」

那人戰戰兢兢地道：「沒有暗號，他約我今夜十二時之前要到，他是一個高而瘦，穿著大衣，面目十分陰森的中年人，講話……有外國口音。」

高翔吸了一口氣，道：「是他？」

木蘭花點了點頭，道：「是他！」

他們兩人都知道那是什麼人了，那正是在市立藝術院前，用手槍指住他們的那人，也就是曾向他們索取手杖的那人！

那人正是領事館中的人！

令得木蘭花稍感疑惑的是，何以對方竟如此低能，竟會收買一個慣竊來做這件事，對方應該知道，手杖如果在自己的手中，那不應該是一個慣竊所能取得到的。

事情發展到如今的地步，似乎已漸漸地明朗了。

要得到那根手杖的，有「貴族集團」，也有想失而復得的×國領事館，但是如今，那根手杖卻不知落在什麼人的手中！

最成問題的也正是這一點，那得到手杖的是什麼人，是什麼勢力，木蘭花一無所知，而到如今為止，卻又一直是哪一方面占了上風的？

木蘭花想了一會兒，對那人道：「既然如此，那麼就只好先委屈你在這裡待一會兒了，高翔，將他和那張大沙發用手銬連在一起。」

高翔一伸手，抓住了那人的手腕，取出手銬來，「啪」地一聲，便將那人和一張大沙發連在一起。

木蘭花還沒有說什麼，穆秀珍便已敏感地覺得木蘭花要去做什麼了，她忙道：「蘭花姐，我和你一起到那藍色池塘咖啡館去！」

「不！到那咖啡館，我是占上風的，我一個人去就可以了。」木蘭花立刻拒絕，「你在家中，盡可能地整理一下。」

穆秀珍翻著眼，她明知自己再說也沒有用的了，是以乾脆不說話，只是一腳將一只在地上的燈罩踢到了牆角，以示抗議。

她的抗議，當然不能使木蘭花的決定有所變更，木蘭花已然上樓去了，當木蘭花自樓上下來的時候，她已然改換了裝束。

她穿著一件男裝的長夾克，戴著帽子，步伐很大，看來十足是一個男子。她又吩咐了幾句，便出了門，隱沒在黑暗之中。

木蘭花走了之後，高翔便開始向那人錄取口供，那人垂頭喪氣地供著，他果然是一個慣扒，有好幾件懸而未決的案子全是他做的。

由於他獨來獨往，技術又高超，是以一直得以逍遙法外，而且因為他從來也未曾被捕過，是以警局中連他的檔案也沒有！

可是這一次，他想在女黑俠木蘭花的家中，展其「空空妙手」，卻是出師未捷，已然落網了！

木蘭花推開了藍色池塘咖啡館的門，一股暖氣撲面而來，咖啡館中的顧客十分少，但是情調卻仍然非常好。木蘭花在門口站了一站。

她看到有兩對情侶，正頭靠著頭在喁喁細語。

再過去，是一個中年人，咬著一支煙斗，在他面前正攤著一疊稿紙，而他則在閉目凝思。木蘭花是認得他的，他是本市極負盛名的一位偵探、驚險小說作家。

木蘭花看到了他，心中不禁好笑，這位作家正在挖空心思地虛構著故事，只怕他做夢也想不到，就在這小咖啡館中，將會有極其驚險的事發生！

因為這時木蘭花已看到了她要找的那個人！

那人坐在最角落處，背對著門口，正在低頭啜飲著咖啡，木蘭花雖然只看到他的背影，但是已能毫無疑問地肯定那是她要找的人了！

她放快腳步，向前走去，走到了那人的身邊，突然之間，將手重重地按在那人的肩頭之上，那人的身子突然一震，幾乎跳了起來。

他急忙地抬起頭來。

當他抬起來的時候，木蘭花恰好可以將一柄極精緻的小手槍，抵住了他的喉嚨，同時低聲道：「你派去的人失手了！」

那人的臉色，變得十分難看。

木蘭花按在那人肩頭上的手，伸進了那人的上衣，將一把槍取了出來，然後又道：「坐進去一些，我們該好好談一談了！」

那人的身子向裡挪了一挪，木蘭花在他的身邊坐了下來，小手槍指在那人的腹際，道：「你們是不是不惜一切代價，想得回那根手杖？」

那人呆了一呆，才道：「是的，如果你肯出讓的話。」

木蘭花將聲音壓得更沉，道：「那麼，我首先要知道，手杖之中，究竟有什麼秘密？」

「那……那是一束文件。」

「文件的內容是什麼？」

「小姐，」那人苦笑了起來，「如果我全講出來了，那麼這文件也變成沒有價值的東西了，是不是？而且，我們實在也是不太清楚。」

木蘭花呆了一呆，正在思忖那人這句話的真實性。

只聽得那人又道：「小姐，你已得到那根手杖，難道你竟無法弄開那根手杖麼？」

木蘭花沉聲道：「如果你想得回那手杖，那麼，你只要回答我的問題就可以了，用不著你來問我。當日，你們領事館中的人，拿著那手杖，想到何處去？」

「他是一個叛徒。」那人悻悻然地回答。

這一句話，令得木蘭花心中陡地一震，解開了她心中一直存在著的疑團，本來，她一直不明白那死者是去做什麼的，但現在她卻明白了。

果然，那人又續道：「他是一個叛徒，他主管第二次世界大戰末期，遠東方面的情報秘密檔案，我們知道他在陳舊的檔案之中，發現了一份極有價值的情報，他和一個叫『貴族集團』的組織搭上了線，要將這份文件賣給貴族集團！」

木蘭花點頭道：「你們早知他的行動了，是不是？」

「是的，我們一直監視著他，幾個人一直跟蹤著他，他卻還不知道，那天，我們跟他到市立藝術院，看到他突然跌倒……」

那人略頓了一頓，沒有再講下去，只是道：「以後的事情，你全在場，也不必我再說了，我們知道他到市立藝術院去，是去和貴族集團做交易的，我們將他帶回去，在他的身上找不到那文件，才想起了那根手杖，我們當時疏忽了！」

木蘭花道：「替他和貴族集團搭上關係的是什麼人，你們可知道麼？」

「我們已查出了，是兩個情報販子，郭爾準和果德。」

「他們兩人也全死了，你知道麼？」

那人震了一震，道：「不知道。」

木蘭花吸了一口氣，事情到這裡，已然更明白了。

××領事館中一個主管秘密檔案的職員，在舊檔案中發現了一份文件，他認為有用，就透過情報販子搭線出賣。情報販子替他找到了買主，買主是「貴族集團」。但是，卻有第三者不希望這宗交易成功，那「第三者」先殺了郭爾準，又殺了出賣文件的人，再殺了另一個情報販子。

那「第三者」在殺死賣文件的人之際，一定是順手想將那件文件搶走的，可是死者倒地之際，卻恰好迎面遇上高翔和木蘭花兩人！

於是，「第三者」的計劃便受阻了，「第三者」又立即安排了兩件「車禍」，終還是將他所要的東西奪了回去！

那「第三者」究竟是什麼人呢？

木蘭花雖說已將事情逐漸地歸納了起來，但是她心中仍是亂成一片，因為那「第三者」神秘得到現在為止，是個絕未露過面的人物！

「第三者」不是「貴族集團」，那是肯定的事了。

但是不是領事館中的人呢？看來也不可能！

木蘭花呆了片刻，才道：「我可以告訴你，那手杖的確不在我們手中，我也和貴族集團碰過頭了，手杖也不在他們的手中。」

那人呆呆地坐著，並不出聲。

木蘭花進一步地問道：「照你們已知的資料來看，還有哪些人在覬覦著這手杖中的文件？」

「每一個人！」那人異常激動地說：「誰不想要——」

可是他講到這裡，卻突然住了口。

木蘭花心中陡地一動，因為從那人那一句話的神氣中，分明表示，他其實是知道那文件的內容的，但是他卻推說不知道！

木蘭花面色一沉，道：「你說，那文件的內容是什麼，要不然，我的手槍發出的聲音，不會比開一瓶啤酒更大聲一些的！」

那人竟笑道：「你……準備殺我？」

木蘭花不禁給他反問得十分狼狽，顯然，那人知道木蘭花絕不是會無緣無故殺人的人，是以才輕鬆得笑了出來。

但木蘭花一轉念間，便冷笑道：「或者你不怕我殺你，但如果我打電話通知貴國的總領事，說我已將那根手杖交給你了，那又如何？」

「可是那手杖你並沒有交給我，連你也不知在何處！」

木蘭花笑道：「你可以向你們的總領事去解釋的。」

那人雙手亂搖，道：「別這樣，別這樣。」

「好啊，那麼，那份文件——」

「那份文件的內容是和市立藝術院的建築有關的。」那人急急地說著：「我的確所知不多，只知和市立藝術院的建築有關，和……一筆錢有關。」

「什麼錢？」

「我……不清楚，我真的不清楚，好像是日軍在亞洲各地掠奪來的錢財，在日軍臨崩潰之前，留在藝術院之中的一處秘密所在地，小姐，我真的不清楚，我只不過看過一遍那文件而已。」

「你看過一遍，還說不知道？」

「我確不知道，因為那份文件是殘缺不全的，而且，說得不詳，每一部分要人打啞謎似地去猜，我實在不明白是什麼意思。」

他連喘了幾口氣，道：「我猜想西蒙曾仔細地研究過那些文件，才提出來和我一起研究的，他一定也不明白，如果他明白的話，那麼，他也不會將文件去出賣，當然自己去發這筆橫財了。」

木蘭花道：「你說的那個西蒙，他就是——」

「他就是那個死者。」

木蘭花倏地站了起來，將那人槍中的子彈全都卸去，將槍還了給他，然後道：「再見，多謝你將這一切講給我聽！」

她大踏步地向外走著，出了藍色池塘咖啡館。

她此行的收穫之大，連她自己也有點出乎意料之外，而且，收穫還是在極其順利的情形之下獲得的，這更令人有心情輕鬆之感。

事情到如今，已明白了一大半了。

簡言之，便只是一句話：有一筆巨大的財富，被藏在市立藝術院中，那是日軍留下來的，在那份文件中，有說明這一點！

這對於為什麼幾件命案，全在市立藝術院中發生，也可以有一個解釋了。當第二次世界大戰之際，本市也和亞洲其他的許多大城市一樣，陷落在日軍的手中。

當時，日軍以為它的勝利是可以長久維持的，是以在占領一地之後，一定要做些粉飾太平的工作，市立藝術院就是日軍統治時期建造的。

木蘭花當然未曾看到市立藝術院動土建築時的情形，因為在第二次世界大戰時期，她年紀還小，她和秀珍跟著一個長輩在一個山區的游擊隊中，她們兩人是在那個游擊隊中度過童年的。但是她卻還記得，當日軍撤退時，市立藝術院還是剛落成的新建築。

市立藝術院的整座建築，既然是日軍一手建造的，那麼在龐大的建築物之內，造上一兩個暗室來收藏財物，不是極容易的事麼？

木蘭花想起第二次世界大戰時期，日軍在東南亞地區窮凶極惡的掠奪，心知這批財富的數字，一定是極其驚人的！

這使木蘭花的心情十分緊張，她以為那只是與她無關的情報活動，但如今，事情的性質轉變了，這批財富，應該屬於本市，或是在第二次世界大戰時受日軍所害的人的，而不應該落在個人或是一個集團的手中，尤其這個集團，已用凶殘的手段殺了三個人之多！

木蘭花也明白，何以「貴族集團」會插手管這一件事了，因為「貴族集團」最喜歡發掘這一類「無主之物」的。

6 組織紀律第一條

木蘭花出了咖啡館，寒風吹來，她將衣領豎起了些，向前走著。

她才走了兩步，忽然想起，與其這時回家去，見了高翔等人再說原委，何不打一個電話，通知他們到市立藝術院去等自己，先找一找院內的密室究竟在什麼地方呢？

她本來是低頭疾行的，因為一想到了這一點，是以突然停下，抬起頭來，也就在此際，她看到斜巷處，有黑影閃了一閃，一個人從巷中走了出來。

那條巷子十分窄，那人一走出來，轉過身，便已幾乎和木蘭花正面相撞了。

在那一剎間，其實還全然沒有什麼變故的跡象發生，但是機智的木蘭花，卻立時感到那人來得十分的蹊蹺，她的身子也立時偏了一偏。

也就在這時，只聽得極其輕微的「嗤」地一聲響，在黯淡的路燈光芒下，木蘭花看到，有一枚針就在她的鼻尖之旁不到半吋處掠了過去。

如果不是她的身子先偏了一下，那麼，這一支毒針一定會射中她了！

在那不到十分之一秒的時間內，木蘭花只覺得手心之中直冒冷汗，因為那實在太驚險了，但是她卻未被嚇得不知所措。

相反地，她立刻有了對策！

她立時發出了「啊」地一聲響，背向著牆，滾了一滾，身子貼著牆，但是卻慢慢地向下倒下去——她假裝已中了那枚毒針！

她這樣做，是因為她在不到十分之一秒鐘的時間內，已然迅速地作出了兩項判斷：第一，那枚毒針十分細，落地無聲，在她面前不到一吋處掠過，她也是僅僅可見，那人一定不知道未曾射中她的。

第二個判斷，是她料定發毒針的那人，一定就是連殺了三人的凶徒，也就是至今為止，只知道他有行動，而還未曾露過面的神秘的「第三者」！

如今，「第三者」要來殺她，而又未能成功，這正是她的好機會，她必須擒住那個人，如果她這時追上去的話，那麼一則，此地小巷很多，不容易追到，而且，追上去的話，還要預防再度被襲擊，那還不如裝死來引誘對方上當好得多了！

當木蘭花的身子漸漸向下倒去之際，她半張著眼，她看到那人呆了一呆，左右張望著，然後，他向木蘭花快步走了過來。

那正是木蘭花求之不得的事！

那人迅速地來到了木蘭花的面前，一伸手，抓住了木蘭花的肩頭，將木蘭花提了起來，然後，他伸手向木蘭花的臉上摸來。

看他的動作，分明是想將那一枚毒針收回去。

可是，他的手還未曾碰到木蘭花的臉，木蘭花的右掌卻已陷進了他的肚子！

那一掌，令得那人發出了一下奇怪的吸氣聲，身子滾了下來。

他身子一滾，木蘭花順利地再在他的後腦之上加上一掌，那人的身子伏在地上不動，木蘭花將他提起，挾著走出了巷子。

出了巷子，街燈比較明亮些，木蘭花向他一看，不禁呆了一呆，這人的臉，木蘭花實在是太熟了，木蘭花可以肯定是見過他的。

可是，木蘭花一時之間，卻又想不起是在什麼地方見過這個人來。

她挾著那人，又走了幾步，直到看到了一輛的士駛了過來，她伸手叫住了那輛的士，將那人塞進了車子，一面咕嚕著在埋怨著他「喝醉了」，一面考慮著是應該到市立藝術院去，還是到家中的時候，她才陡地想了起來！

她的確是見過那人的！她看到那人的地方，就在市立藝術院，而這傢伙，也就是牽著一隻猴子在作畫的那位「藝術家」！

木蘭花更想起了那位雕塑家，以及那猴子走脫的鬧劇，那鬧劇恰好發生在西蒙被殺的時候，毫無疑問，那一切全是早已安排好的！

而安排好這一切的目的，當然是要吸引人的注意力，好叫人不去注意西蒙之死，而可以由得行凶的人從容取走他要取的東西！

木蘭花的心中極為高興，因為她覺得自己已然將許多零零星星的事情用一條線穿起來了，雖然還未全部串起來，但至少已有了頭緒了！

她決定先回家去，是以她對司機說出了她住所的地址。

而且，她已計劃好了，一見到高翔，便要高翔和方局長聯絡，要方局長利用他的權力，安排一個藉口，將市立藝術院停止開放和封閉一個時期，那麼他們就可以在建築物內仔細尋找了！

因為木蘭花知道，那「第三者」即使已得到了那份文件，也必然不能立即知道文件中的含義的，那麼，他們便站在極有利的地位了！

的士在寒夜的街頭飛馳著，不一會，便到了郊區，木蘭花突然聽得那昏迷不醒的「藝術家」的懷中，發出了一陣「滴滴」的聲響來。

木蘭花連忙拉開他的外衣，循著聲音，取出了一隻袋錶來。那袋錶既然有這樣的聲音發出來，自然不是普通的袋錶了。

木蘭花心知那定然是一具無線電通訊儀，她將之放在耳邊，按下了一個掣，只聽得一個十分憤怒的聲音道：「你何以這麼久才接聽？」

木蘭花咳嗽了兩聲，她本來想和那講話的另一方開個玩笑的，但是她又怕引起司機的疑心，是以並沒有說什麼，只是順手將那隻「錶」拋出了窗外。

二十分鐘後，車已到了木蘭花的家前，木蘭花在鐵門外大聲叫道：「秀珍，快來幫忙！我這次的收穫，當真多極了！」

當木蘭花事情進行得順利的時候，她也很少有這樣興奮的，但是這一次，事情實在順利得有點出乎她的意料之外，是以她不但自己高興，而且想將高興迅速地傳給他人，是以便高叫了起來。

她一叫，穆秀珍首先從屋中衝了出來。

木蘭花將那昏迷不醒的「藝術家」交到了穆秀珍的手中，道：「先將他拖進去再說，你們這裡，可有什麼事情發生麼？」

「沒有！」穆秀珍拖著那人，「他是誰啊？」

「他是主角，至少是主角那一方面的人！」

那人開始呻吟起來，木蘭花沉聲道：「小心，他是一個極危險的人，我差點就死在他的毒針之下，先將他雙手銬起來。」

高翔在那慣竊的手上，將手銬除了下來，將那「藝術家」銬了起來，那個慣竊則由高翔叫來的警員，帶回警署去了。

雲四風、高翔、穆秀珍三人全都望著木蘭花，穆秀珍還端了一杯熱騰騰的咖啡給木蘭花。木蘭花喝了兩口，才將經過情形講了一遍！

誰知講完之後，他們三人卻不是十分起勁。

穆秀珍「哼」地一聲，道：「又是寶藏啊！」

木蘭花奇道：「寶藏有什麼不好？」

「你忘啦，蘭花姐，我們在北非的沙漠上，發現了一堵用黃金建成的牆，結果我們得到了什麼，我可沒有這個興趣了！」

木蘭花笑道：「那怎可與之相比，如今這一批，是日軍掠奪來的東西，現在我們發現了，雖然不能物歸原主，但是也可以用來做許多好事！」

雲四風皺著眉，道：「可是照你說，有了文件，也不一定找得到，我們連文件也沒有，又從哪裡著手找尋呢？我看算了吧！」

木蘭花又是好氣，又是好笑，道：「好，你們不找，我一個人去找！」

高翔忙道：「我可沒有說不找啊！」

「那你快和方局長通電話，要他盡可能尋一個藉口，將市立藝術院封鎖起來，不經警方人員許可，不能隨便出入。」

「好的！」高翔立時拿起了電話。

木蘭花特意望著穆秀珍，道：「要是你真沒有興趣的話，那麼，你就留在家中看幾天書好了，我也不會勉強你去的。」

穆秀珍尷尬地笑著，道：「噢！要是在家中看書，那我寧願去找了！至少還可以走動走動，運動一下身子！」

高翔和雲四風兩人忍不住笑了起來，穆秀珍自己也感到好笑，道：「蘭花姐，其實也怪不得我提不起興致來的，你想，我們一點線索也沒有，怎樣尋找？」

「我們已有了很大的線索了，市立藝術院的建築面積總共才多大？我們找上幾天，如果找不到的話，也算是笑話了！」高翔代木蘭花回答著。

木蘭花卻笑了一下，道：「高翔，那你又未免太樂觀了，我們不一定找得到的，我之所以要提議將藝術院封起來，主要的目的，還不在於此！」

高翔用奇怪的眼光望著她，木蘭花徐徐地道：「當然我們要去尋找，但是我最主要的目的，卻是想引那『第三者』徹底現身！」

雲四風和高翔等人，都點了點頭，明白了木蘭花的意思。因為那藏有秘密文件的手杖，既然已落到了「第三者」的手中，那麼他們當然要在市立藝術院中開始尋找他們要找的東西的。

然而，當他們發現市立藝術院不再開放，他們無法自由活動之際，他們豈不是迫得要採取行動了麼？木蘭花的計劃，就是要迫他們採取行動！

這時，高翔的電話已找到了方局長，他正在和方局長討論暫時封閉市立藝術院的事情，而一直在斷斷續續發出呻吟聲的那個「藝術家」，這時卻突然靜了下來。

木蘭花一直在注視著那「藝術家」，這時，她也看到，那傢伙是因為完全清醒過來了，才停止了呻吟聲的，他正睜大了眼，四面望著。

木蘭花向他走近了一步道：「你恐怕不知道你怎麼會來到這裡的，是不是？要不要我告訴你？在藍色池塘咖啡館之外，你的毒針未曾射中我。」

那人的臉色變得極其難看，他像是想說話，但是儘管他臉上的肌肉不斷地抽搐著，他卻並沒有發出什麼聲音來。

木蘭花又道：「你只不過是一個小嘍囉，如果你將一切事情講出來，那麼你只不過是一個從犯，而且可以少吃許多苦頭！」

那人的身子一直是蹲著的，這時，突然自他的喉中發出了一下尖利的叫聲，他的人也向上直跳了起來，木蘭花向後退開了一步。

那人是跳起有三尺高下，又向下跌起，他落地之際，發出了「砰」地一聲巨響，木蘭花呆了一呆，連忙俯身向他看去。

高翔也恰在此時放下電話，他也趕了過來。

他們兩人才向那人看了一眼，便直起身子來。

穆秀珍驚道：「他死了！」

木蘭花一聲不出，向外慢慢地走了開去。這人的臉上，這時已現出了一層可怕的土色，當然他是死了，也可以看出是中毒死的。

其實，不必等那人的臉上轉了色，木蘭花也知道他是中毒死的，當那人才一跌在地上，木蘭花俯身看去時，已然聞到了一股杏仁油的氣味。

那是氰化毒物的特有氣味。而氰化毒物是可以在三秒鐘之內致人於死的。

那人的雙手全被銬住，他當然沒有機會用手將毒藥放進口中，但是他還是服毒自殺了，那麼，只有一個可能，毒藥是早在他口中的。

這個人，是木蘭花所掌握的關於「第三者」的唯一的線索，她自然希望能在那個人的口中套問出更多的線索來，如今這個人死了，她這個希望自然也落空了。

但是，令得她心情沉重地踱了開去的原因，倒還並不是因為這一點，而是那人的口中，早已有著毒藥，而且，他一發覺自已落在對方的手中，便立即自殺這件事的本身。這種事，只可能在一個受過極其嚴格訓練的間諜的身上才會發生。

而且，這個間諜若不是有著一個嚴密之極的組織在控制著他，他也絕不會死得如此之堅決的。木蘭花就是因為想到了這一點，是以才覺得心頭沉重的。

因為她從那人之死這一點上，看出那個至今為止尚且一點線索也沒有的敵人，實在是一個非同小可，組織嚴密的大集團！

那可能是一個犯罪集團，也有可能是一個國家的間諜組織，但是以前者的可能性比較高，因為如今究竟是世界和平還被維持著的時代，而且，那文件的內容，也只是謀及財富，而和國家的情報是沒有關係的。

那是一個什麼樣的犯罪集團呢？

木蘭花已經對付過大大小小，形形式式的犯罪集團，連黨徒遍佈全世界的「黑龍黨」，也在她的英勇機智之下瓦解，但是這時，木蘭花卻不免在心中也感到了一股寒意，因為如今她的敵人像是會隱身法一樣，一點線索也抓不到！

高翔本來想講話的，可是他看到木蘭花的臉色如此沉重，他也不敢說什麼，雲四風和穆秀珍兩人，也望定了木蘭花。

木蘭花來回踱了足有十分鐘，才道：「方局長怎麼說？」

「方局長已答應了，明天就可以封閉。」

「明天下午開始，事先要保守絕對的秘密。」

「為什麼要下午才開始？」

「因為上午，我們還要去找一個人，至少我們還知道那個用傘骨來做雕塑的人，也是這個神秘集團中的一員，我們要去找他！」

高翔也立即想起了他在藝術院中遇到的那一幕活劇來，他點頭道：「好，反正中午是有一段休息時間的，在中午休息的時間過後，就宣布因為特殊的原因，將藝術院關閉。」

木蘭花道：「要緊的是，明天上午，千萬不可以打草驚蛇，全然不必調動警員，就是我們幾個人，裝成參觀的人，見機行事好了。」

高翔等人全點著頭。

第二天，天氣更冷了，據稱打破了六十年來的低溫紀錄，是以市立藝術院的兩廊，也更顯得冷清。

當木蘭花和穆秀珍兩人到的時候，看到雲四風靠著一根柱子站著，在曬太陽，在他對面的一個畫家，坐在椅上，縮起了頭，像是在打瞌睡，而雲四風也閉著眼。

穆秀珍笑道：「蘭花姐，你別出聲，我和他開個玩笑。」

「你想怎樣捉弄他？」木蘭花笑著問。

「你看，他身子靠在柱上，頭頂離柱上掛的畫只不過幾尺，我將那幅畫弄下來，跌在他的頭上……哈哈……」穆秀珍想到這一點，已忍不住笑了起來。

木蘭花也覺得好笑，道：「你將柱上的畫弄下來，那已然先犯了毀壞公物的罪名了，而且，還有盜竊這幅畫的嫌疑哩！」

穆秀珍聽了，更是「哈哈」大笑了起來，道：「掛在藝術院兩廊堂子上的畫，要是有人偷的話，那早已被人偷光了！」

木蘭花順口答道：「那倒是真的。」

藝術院兩廊之上的柱子，一共有五十二根，柱子是四方形的，上面的浮雕，相當精美，在柱和柱之間的空間，是未成名藝術家們展覽用的地方，而在每一根柱上，則也掛著油畫的。

這些被掛在兩廊柱上的油畫，人人皆知，全是最沒有價值的一批，不但沒有畫家的署名，而且畫法幼稚，不忍卒睹。

早就有人建議將這一批「垃圾」丟棄的，但是根據資料，這一批油畫，可能是日本軍人的習作，當然丟棄了也是毫不足惜的，但為了使參觀者明白，這座藝術院是在本市苦難的年日中建築起來的，這一批畫也不能說是沒有小小的意義。

而這批畫又的確是一點藝術價值也沒有，根本不配陳列在藝術院之中，因此才要來掛在兩廊的柱上，並且有一幅佈告說明這一點。

本市的市民全是知道這一點的，在本市，「柱上的油畫」是一句取笑他人的話，表示再好也好不到什麼地方去的，在藝術圈之中，這一句話尤其流行。

是以，剛才當木蘭花說穆秀珍可能犯上偷竊那油畫的嫌疑之際，穆秀珍忍不住大聲地笑了起來。而她的笑聲，也將雲四風驚動了。

雲四風睜開眼睛，向她們走來，道：「你們來遲了，高翔也早到了，他在那邊，監視著那個雕塑家，那傢伙看來像是非常不安。」

木蘭花點著頭，道：「你剛才可是在打瞌睡麼？不怕你頭上的油畫掉下來，將你的頭砸破麼？」

「要是給柱上的油畫跌下來砸破了頭，那我也算是倒楣到十足了！」雲四風笑著，「其實，這批東西早應進火堆去了！」

他一面說，一面向剛才他罵著的那根柱上的那幅油畫指了指，這畫上畫的是一艘帆船，看來分明是初學油畫的人畫的東西。

木蘭花搖了搖頭，道：「讓它們掛在柱上，也有好處，至少可以使人想起當日本市在苦難中的那些日子，而感到今日之幸福。」

雲四風聳了聳肩，不再說什麼。

他們三人並肩向前走去，不一會，已可以看到那座用傘骨堆起來的「雕塑」

了，那藝術家在他的傑作之旁，搓著雙手。

木蘭花低聲吩咐道：「四風，你和秀珍在這裡等我。」

雲四風和穆秀珍兩人的腳步慢了下來，木蘭花則仍然向前走去。

等她來到了那座「雕塑」面前時，她發現那藝術家的面色十分蒼白，而且，用一種異樣的眼光望著她。木蘭花並不說什麼，她心中在盤算著，如果對方是那個集團中的一員，那麼他當然也是隨時可以自殺的。

那麼，自己該用什麼法子防止他自殺，而又使他講出自己所知道的事來呢？這看來似乎是十分困難的，是以木蘭花好半晌不開口。

而那人的神態，卻顯得更加不安了，在過了三分鐘之後，木蘭花才微微一笑，道：「你好像認識我，是不是？你一直在看我。」

當木蘭花才一開口之際，那人甚至嚇了一跳。

他勉力使自己鎮靜著，才道：「美麗的小姐是容易啟發人靈感的。」

木蘭花笑了起來，道：「藝術家先生，你的回答很好，但是你講話的時候，要小心一些，不要將你口中的毒藥咬破了。」

那人的身子突然震動了起來，他陡地後退了一步，身子恰好撞在那一座「雕塑」上，嘩啦一聲響，傘骨全都倒了下來。

木蘭花連忙踏前一步，一手執住了他的衣服，道：「你可以不必死了，因為我們已掌握了一切資料，你完全不必作供！」

木蘭花當然是希望那人作供的，但是她先要取那人的心，使那人精神上的負擔消除，那麼，她可以慢慢再套取口供的。

那人用一種幾乎難以相信的目光望著木蘭花。

木蘭花微笑著，道：「將你口中的毒藥吐出來吧！」

那人道：「你……你放開我。」

木蘭花鬆開了手，道：「我們根本不在乎你，你別以為你自己是一個重要人物，要自殺以殉，你根本是一個微不足道的小卒！」

木蘭花的心理攻勢像是收了效，那人苦笑了一下，但是看他臉上的神情，仍然是在猶豫不決。

木蘭花正待進一步加強心理攻勢之際，突然聽得那人的上衣袋中，發出了一陣「滴滴」聲來，那人的面色突然一變，連忙伸手在袋中取出了一隻袋錶來，並且送到耳邊去，作傾聽狀。

這變化是突如其來的，以致木蘭花也不知在片刻之間該如何應付才好，而那人則已伸手按下了錶上的一個小小的掣。

接著，木蘭花便聽到自那隻「袋錶」之中，傳出了一個極其冷酷無情的聲音，道：「記得組織紀律第一條，緊緊記得！」

木蘭花聽到了那聲音，那人自然也聽到了那聲音。

木蘭花倏地踏前半步，一伸手，就將那「袋錶」自那呆若木雞的人手中搶了過來，疾聲道：「別聽他的，你完全可以不死！」

木蘭花的話講得十分大聲，已有五六個人向他望來，高翔，雲四風和穆秀珍三人，也一齊快步向前奔了過來。

但是木蘭花的話還未曾講完，那人便苦笑著，搖著頭道：「組織紀律第一條，組織紀律第一條，我記得，我當然記得！」

當他自言自語地講到最後一句時，他的身子已開始搖晃，木蘭花急忙伸手抓住他的衣領，道：「你已經服了毒藥？」

那人已不能講話了，他只是點了點頭，然而也只不過點了一下，他的頭便再也抬不起來了，木蘭花一鬆手，那人的身子便軟倒在地上不動了。

在旁邊，有幾個女人看到了這等情形，尖聲叫了起來，木蘭花忙道：「高翔，命令任何人不准移動身子，誰也不准走！」

7 辦案天才

高翔拔出佩槍，大聲道：「我是警方人員，誰也不准動！」他一面說，一面向著空處，「砰」地放了一槍。

槍聲驚動了警衛室中的警員，八名警員由一名警官率領著，一起衝了出來，高翔立即吩咐他們將兩廊的出口一齊封鎖。

被困在走廊中的，連參觀者和藝術家在內，一共有三十來人，木蘭花一個一個地望著他們。

她幾乎可以肯定，剛才那發號施令，提醒那人不可以忘記組織紀律的人，一定在這些人之中，因為那人若不是清楚地看到現場的情形，是絕不能恰在緊要關頭提醒那人自殺的！

木蘭花沉聲道：「對不起各位，這裡發生了十分嚴重的案件，在這裡的每一個人，全要被搜身，相信作為一個守法的市民，各位是一定肯和警方合作的！」

有的人發出喃喃的詛咒聲，有的人更高聲叫號了起來，有的則不出聲，當然，被搜身絕不會是一件令人愉快的事情的。

木蘭花也不是喜歡對這裡的所有人進行搜身的，但是她卻沒有別的辦法來識別究竟在這許多人中，哪一個才是她要找的人。

在那樣的情形下，進行個別搜身，自然是最簡單的辦法了。

高翔已領著那些人，一個一個地進警衛室去進行搜查了。

三十多人中，絕大多數是男子，等到第二十七名男子也通過了搜查之後，剩下來的，共七名女子，木蘭花向她們一再表示了歉意，親自搜查她們。

但是，搜查的結果，卻沒有一個人是可疑的。

木蘭花坐在警衛室中，藝術院院長和院內的高級職員全來了，方局長帶著大批警員也趕到了，新聞記者到的更多。

小小的警衛室中，幾乎擠滿了人，每一個人都在七嘴八舌地講話，詢問著，方局長和高翔兩人，則在答覆著每一個人提出的問題。

只有木蘭花一個人，一聲不出。

木蘭花記得，在事情發生之後，並沒有看到什麼人匆忙地從現場離開，也正因為這樣，所以她才決定進行對每一個人的搜查的。

但是，搜查卻一點結果也沒有，這未免出乎她的意料之外！

別說是她，就是連方局長，也沒有這個權力將這許多人一齊扣留起來的。

木蘭花自然又遭到了一次失敗！

對方可能就在現場，命令要他集團中的人自殺，而她竟連對方的影子也未曾見到過，面對著這樣的敵人，這不是太可怕了？

在方局長大聲宣布要將藝術院連同兩廊暫時加以封閉的消息之際，木蘭花擠出了人叢，離開了警衛室，向聚集在走廊中的一些記者們搖了搖手，道：「各位請別來問我，我什麼也不知道。」

木蘭花和記者們的關係是最好的，記者全可以看出她愁眉不展的情形，是以沒有人出聲，一齊退了開去。

木蘭花背負著雙手，慢慢地踱進了藝術院的大堂。

藝術院的大堂中，這時冷清清地，除了兩個警員之外，一個人也沒有。

木蘭花毫無目的地慢慢地踱著，她的腦中十分混亂。

因為她想到，那個集團行事是如此神秘，對集團中的人控制得如此之嚴，這應該是最難對付的一個犯罪組織了！

如果他們進一步進行其他種類的犯罪活動，那麼警方和自己，豈不是又要大傷腦筋了麼？這實在是一個極大的隱患！

木蘭花暗嘆了一口氣，抬起頭來。

大堂的穹頂建築得十分華麗，一盞極大的吊燈，自上垂了下來，木蘭花看了一會，心中突然想起，剛才自己只不過未曾看到有人自走廊離去而已。

但如果有一個人，本來就是站在大堂口的，當事情發生之際，他先退進了大堂，再發聲令那人自殺，那麼，他是有足夠的時間自大堂從容離去的。

而自己，卻還大動干戈地對三十四名無辜的人進行搜查，在敵人的眼中看來，自己簡直就如同被播弄的一個小丑一樣！

木蘭花心中更感到極度不舒服，她準備由邊門走出去看看，但是，她才走了一步，便看到二樓，藝術院的辦公室中，一個女職員匆匆地走了下來，到了警衛室前，高叫道：「譚院長，你的電話，那人說是有非常要緊的事！」

接著，便看到年高德劭的譚院長，和那女職員一齊上了樓。

木蘭花繼續向這門走去，但是她剛到門口，便聽得那女職員的聲音叫道：「木蘭花小姐，電話原來是找你的！」

木蘭花怔了一怔，但是她沒有說什麼，上了樓，進了院長辦公室，自譚院長的手中接過了電話來，道：「我是木蘭花。」

她立時聽到電話那一邊，發出了一陣笑聲來，任何人都可以聽得出，那一陣笑聲中充滿了嘲弄的意味。

木蘭花沉聲道：「你是誰？」

那人並不回答，只是笑著道：「哈哈，小姐，你竟對每一個人進行了搜身，我敢說，你是有史以來，第一個辦案的天才！」

木蘭花冷哼了一聲，道：「這次被你走脫，下次你就走不脫了。你既然知道我對現場的人進行搜身，當然也已知道封閉藝術院的決定了。」

「知道，當然知道。」

「那你還得意什麼？你還有什麼可做的。」

「等候，小姐，我可以等，你們準備將藝術院封閉多久？本市是藝術氣氛極重的城市，你們那樣做，不怕引起輿論的反對麼？」

「在輿論還未曾反對之前，我們已找到要找的東西了。」

「你找不到！」那人又得意地笑了起來，「你什麼也找不到！蘭花小姐，你已走下坡了，這一次，將是你在那北非沙漠中失敗之後的第二次失敗！」

木蘭花絕不是一個固執到不肯承認自己失敗的人，但是，北非沙漠尋金一事，她都不以為那是失敗，她是成功了的，她成功地發現了埋藏了幾千年的巨量黃金，只不過對方以一個國家的力量來逼她放棄，她又有什麼辦法可想呢？

而如今這件事，她雖然遭到了一連串的挫折，以致一點頭緒也沒有，但是她更不以為失敗，因為問題的中心，是在於藝術院中，日軍所留下來的一批有價值的東西，她控制了藝術院，可以慢慢地尋找，那可以說是站在十分有利的地位。

她自然也明白，對方之所以如此說法，當然是有目的的，目的就是在打擊她的自信，使她的情緒沮喪，從而失敗！

是以木蘭花只是用冷笑回答著那人，道：「是麼？」

「當然是，所以，我勸你一句話，你和高翔先生的戀愛，也應該成熟了吧？還不結婚，難道想做老處女麼？你也應該退休了！」

木蘭花用冰冷的聲音道：「想不到你原來是這樣一個無聊的傢伙，我起先還當真將你估計得太高了！」

「我可是一片好意，小姐，你該退休了！」

「我或許會退休，但我需先將你送上電椅！」

「哈哈，小姐，你可以說得上雄心萬丈，不必廢話了，你可以在藝術院中慢慢地找，當你失敗的時候，我自然會再打電話給你的！」

那人的話才一講完，「卡」地一聲，電話就掛上了。

木蘭花也緩緩地放下了電話，她仍然呆立了半晌，在那一個電話中，她其實也並不是什麼也未曾得到，她知道了對方是一個極其狡猾的人！

對方狡猾，而且又凶狠，她遇到了這樣的一個對頭！

木蘭花呆立了片刻，向院長道了謝，走出了院長辦公室，在樓梯上，她遇到了高翔，高翔道：「警方已暫時接管藝術院了。」

木蘭花道：「很好，請院內所有的職員，一齊離去。」

高翔又道：「我已派人去找藝術院的設計圖和建築圖樣了，我相信可以找得到的，蘭花，如果有什麼暗室密道的話，我們按圖索驥，要找出它來，應該不是難事！」

木蘭花深深地吸了一口氣道：「應該是的。」

高翔的興致十分高，道：「蘭花，你猜我們發現的，將是些什麼？」

木蘭花並沒有回答，只是搖了搖頭。

冬天的黑夜來得早，等到市立藝術院的職員全離去，記者在不得要領之後，也紛紛離去，整座藝術院中，只有警方人員的時候，天色已十分灰暗了。

但是在藝術院中，卻是極其明亮，每一盞燈全被開著，從遠處望來，整座藝術院的建築，宛若是一個龐大的發光物體一樣。

院長辦公室被當作臨時的指揮室，方局長已回去了，但是調了十多位能幹的警官，和一百二十位警員，以及許多能幹的探員。

所有的警方人員全都扼守著各處通道，而木蘭花等四人，則在研究著從舊檔案中找出來的整座藝術院的建築藍圖。

那些藍圖上的署名，表示這座藝術院，是由三位日本著名的建築家設計的，其中有一位，至今還大享盛名。事實上，藝術院的建築，也的確是第一流的。

在圖樣上也可以看出，設計的時候，對於將來陳列品的放置，也是十分有計劃的，一等精品陳列室共有七個，二等精品的陳列室，也有二十六個之多，還有一個是特級精品陳列室。

藍圖的總數，有幾百張之多，等到一張一張全被研究完畢之際，已然是午夜了，可是他們卻未曾在圖樣上找出絲毫破綻來。

從圖樣上看來，一切是正常的，根本沒有什麼密室！

當然，如果事實上是有密室的話，在圖樣上也可以不出現的，於是，在圖樣的研究告一段落之後，他們就開始實地的尋找。

凡是金屬波的雷達探測儀，也被利用上了，警員分班進行工作，從大柱到穹頂，從大堂以至最小的雜物儲藏室，甚至每一幅畫的畫框，每一個雕塑品，都經過了詳細的檢查。

等到他們停止了檢查工作之時，已是幾天之後了。

在這幾天之中，高翔、雲四風、穆秀珍幾乎沒有好好地休息過，因為他們不但要在市立藝術院內進行搜查，而且，還進行了廣泛的線索發掘工作，他們會見了數以百計，當年曾參加過藝術院建築工作的人。

他們也會見了承製油畫畫框的許多工作坊，他們和每一個職員作過詳細的談話，他們也和一切當時被強迫捐獻過藝術品的人會晤過。

雖然警方未曾宣布過封鎖市立藝術院的真正目的，但是從警方約晤那麼多有關人等，和進行著日夜不停的搜查來看，敏感的新聞界人士也可猜到實際上是在尋找甚麼了。

而且，事情實際上是在木蘭花主持下進行的，也已成了公開的秘密，全市過百萬的市民，每一個人都在等著看木蘭花的本領。

而自第五天開始，反對她的報紙，已然對木蘭花展開了猛烈的抨擊。

第十天早上，一張報紙刊出了木蘭花的照片，在照片旁是一行大字：這個人有什麼權力霸占藝術院如此之久？

木蘭花一早就看到了這份報紙，她嘆了一口氣，放下報紙，向著和她同樣疲倦的高翔、穆秀珍、雲四風三人道：「我們失敗了！」

自木蘭花的口中講出「我們失敗了！」這句話來，這是高翔等三人從來也未曾聽到過的，一時之間，他們面面相覷，不知說什麼才好。

就在這時候，電話響了。

木蘭花苦笑了一下，道：「那集團的首腦的電話來了！」

她一面說，一面拿起了電話來。

從電話中傳出的，又是一陣得意的笑聲，然後道：「看到今天的××日報了麼？這個人有什麼權力霸占藝術院，可精彩了！」

「看到了。」木蘭花冷靜地回答，「的確夠精彩。」

「那麼，小姐，你什麼時候準備撤出你霸占的陣地？」

「到目前為止，我還沒有這個打算。」

「噢，」那人戲劇化地叫了一聲，「一個不承認失敗的人，實在是最無聊的了，木蘭花小姐，你以為我的話對不對？」

他的話講得極其大聲，以致不但木蘭花聽到，連在木蘭花身邊的幾個人也聽到了。木蘭花略呆了一呆，就放下了電話。

穆秀珍焦急地問道：「蘭花姐，我們是失敗了麼？」

木蘭花一直將手按在電話上，她在沉思著，好一會，她才道：「是的，但只是在某種程度上而言。我們在市立藝術院中一無所獲，那證明我們失敗了，但是那只是我們未能得到那份文件的緣故，我們可以再從爭奪文件這方面著手的。」

「可是……我們一點線索也沒有！」

「蘭花，」高翔突然道：「如果藝術院中真是有什麼寶藏的話，那麼，我們假作撤退，但是可以在這裡作嚴密的監視！」

「你的意思是……對方既然掌握了那份文件，一定已知道了真正值錢的東西在什麼地方，他們會來尋找的，是不是？」木蘭花反問。

高翔點頭道：「是的。」

木蘭花來回走了幾步，才道：「這辦法倒不錯，可是仍然被動了一些，唉，目前除了這個辦法以外，也沒有別的辦法了。」

她剛講到這裡，突然電話鈴又響了起來。

木蘭花一伸手，拿起了電話來，仍然是那人的聲音，那人「桀桀」地怪笑著，道：「我猜你們一定已有對策了，你們準備先行撤退，然後再對藝術院進行嚴密的監視，是不是？」

木蘭花心中吃了一驚。

在她乍一聽得對方這樣講法之際，她幾乎要以為自己在這裡商量的一切，對方全是可以聽得到的了。但是事實上，當然沒有這個可能。

而對方之所以會這樣說，當然是因為對方極為聰明，他也想到了這是自己這方面所能採取的唯一的辦法之故！是以木蘭花沉聲道：「你說對了。」

「哈哈，祝你成功！」

木蘭花的心中，自然十分惱怒，但是她卻絕不發作，在這一個電話中，她更肯定了對方可能是自己從來也未曾遇到過的厲害人物！

木蘭花和對方當然沒有什麼好說的。但是她卻又想和對方繼續講下去，因為她想藉著和對方談話的機會，對這個到目前為止，這身分神秘得像一團迷霧的敵人，多少增加些瞭解！

所以她笑了一聲，道：「多謝你言不由衷的祝賀，你若是希望我成功的話，那麼你何時準備前來藝術院發掘藏寶，請先通知我們一下。」

「哈哈！」那邊又笑了起來，「小姐，那你未免將事情看得太容易了，我對那份文件所下的功夫還不夠，所以暫時也未能採取行動。」

「你是在故意謙虛，是不是？」

「小姐，你很可愛，你的聲音也十分動聽，我十分樂意和你在電話中談下去，但是為了避免你知道我在什麼地方起見，我要說再會了。」

「等一等！」木蘭花忙道：「那你也未免太膽小了，你不見得會在你的巢穴中打電話給我的，那可有什麼大不了的關係？」

「小姐，」那人笑著道：「你到目前為止，對於我，連一絲一毫的線索也抓不到，是不是？而不給你抓到任何線索，正是我可以令你失敗的最主要因素，我不會上當的，再見！」

「啪」地一聲，那面的電話已掛上了。

木蘭花苦笑了一下，也放下了電話。

在這件事中，她可說處處在被動的地位中，而正如對方所說，她連一絲一毫的線索也沒有！如今，她又只好進行不見得會有什麼希望的監視！

她嘆了一聲，道：「我們不必再在這忙碌什麼了，我們可以回去了，高翔，你卻還要辛苦一下，對藝術院進行大規模的監視。」

她講到這兒，頓了一頓，又道：「我們都要非常之小心，因為我們的敵人不但狡猾至極，而且也凶狠至極。如果他感到我們繼續是他行事的障礙，那麼他將會用各種手段來暗害我們的。記得我的話，這是我們遇到的最凶惡狡猾的一個敵人！」

雲四風等三人，全都點著頭。

高翔已開始部署市立藝術院重新開放之後的監視計劃，而木蘭花等三人，則離開藝術院，回到了家中，穆秀珍蒙頭大睡，木蘭花卻一直在書房中坐著沉思。

一連十天，高翔所部署的監視行動，二十四小時不斷地進行著，扮成各色人等的便衣人員，日間在藝術院中穿梭來往著。

而到了晚上，除了加強武裝值班人員之外，還設立了利用長程望遠鏡的觀察站，一有異動，觀察員的報告，便可以在五分鐘之內，使數百名警員趕到增援。

而且，這種行動，不是被當作臨時性的計劃，而是被認作是長期的計劃的。

高翔自從投入警界以來，他性格浮躁輕佻的一面已然漸漸斂去，而代以堅韌不拔，他既然肯定市立藝術院中有日軍遺下的寶物，而他找不到，他就用這個釜底抽薪的辦法，叫對方也得不到。

這十天中，可以說平靜得什麼事也沒有。

而高翔每天晚上和木蘭花通一次電話，報告藝術院方面的情形，他的電話，十天來也沒有變過，那只是一句話：沒有新的發展。

那一天晚上，細雨霏霏，天氣更加陰冷，高翔的電話剛來過，仍然是沒有新的進展，穆秀珍氣憤地在走來走去，罵道：「這傢伙也真忍得住！」

木蘭花望了她一眼，聖誕節將近了，她正在裝飾著一株銀白色的聖誕樹，在樹上掛上一串金光閃閃的玻璃球，她並沒有說什麼。

就在這時候，電話鈴又響了。

人的第六感，是一件十分奇怪的事，電話鈴響了，本來是一件十分平常的事情。可是這時，電話鈴一響，她們兩人像是都覺得有什麼不尋常的事發生了一樣。

她們一齊抬起頭來，互望了一眼。

然後，木蘭花示意穆秀珍去聽電話。

穆秀珍拿起了電話來，那面傳來了一下笑聲。

「又是我，小姐，你有點感到意外，是不是？」

穆秀珍忙道：「蘭花姐，是那個王八蛋！」

那人忙道：「秀珍小姐，你是有教養的人，希望你不要出口傷人，我打電話來，純粹是好意，我有一件聖誕禮物要送給你們。」

木蘭花已接過了電話，冷冷地道：「什麼禮物？」

「就是××領事館的職員，想賣給貴族集團的文件。」

木蘭花在電話旁的沙發上坐了下來，道：「是麼？那份文件你已經研究完了，覺得沒有用處了，是不是？但我們也沒有用處的，謝謝你了。」

「完全錯了，蘭花小姐，我反覆地研究了這份殘缺不全的文件，已經研究出文件內所提及的，是一批幾可亂真的假美鈔，數目也不大，我已經取走了，地點也不是在藝術院，為了表示友善，所以我將這份文件交給你，做一個紀念。」

對於那人的話，木蘭花當然是絕不相信的。

她只是心若電轉地在想著：對方的用意究竟是什麼？

那人又道：「小姐，別以為我給你的會是假文件，××領事館中，有的是曾經研究過那份文件的人，你可以請他們來一起鑑定的。」

木蘭花冷笑道：「你什麼時候送來？」

「現在，小姐！」

木蘭花陡地一呆，也就在此際，突然她們的花園之中，響起了「砰」地一聲響。

那一聲響，十分驚人，花園中，本來是一片漆黑的，而隨著那一聲響，出現了一片光亮，那種青白色的光芒，在有經驗的人看來，一聽就可以看出，是顆小型的照明彈所造成的。

「伏下！」木蘭花連忙叫著，她自己也伏了下來。

她們兩人一伏下，便聽得一陣「達達」的汽車引擎聲，迅疾無比地離了開去，而木蘭花的手中還握著電話未放。

電話中又傳出了一陣笑聲，同時聽得那人道：「小姐，希望這種送禮的方式，並沒有嚇著你們，祝你聖誕快樂，再會！」

木蘭花恨恨地放下電話，穆秀珍已忍不住要向外衝了出去，可是木蘭花卻將她按住，直到二十秒鐘之後，花園中重又一片漆黑了，木蘭花才向前爬出了幾步，在一個抽屜中，取出了兩副紅外線眼鏡來，拋了一副給穆秀珍，兩人一齊戴上。

然後，木蘭花躍了起來，以極快的手法熄去了客廳中的燈，眼前變得一片漆黑，但是木蘭花和穆秀珍兩人由於配戴了紅外線眼鏡之故，黑暗中的情形，是可以看得清的，她們拉開了門閃了出去。

花園之中，一片寧靜，什麼動靜也沒有。

她們貼著牆，打橫走了出去，過了五分鐘之久，直到她們肯定花園中已沒有人了，她們才將在離鐵門不遠處的一根手杖拾了起來。

當她們回到大廳中，亮著了電燈之後，木蘭花立即認出，那根手杖，正是她和高翔已然得到但卻又失去了的那根。

如果當時，木蘭花不是未能肯定這根手杖內的確有著秘密，因而大意的話，那麼手杖當然是不會失去的，而這件事的發展，和如今自然也大不相同了！

穆秀珍一手拿起了手杖，木蘭花道：「這根手杖要拆開來，也不是簡單的事，它是由許多巧妙的組合湊成的。」

穆秀珍是最沒有耐性的人，她連忙放下了手杖，道：「那你快動手吧，我最不喜歡弄這些玩意兒的了，看看那究竟是什麼文件。」

「還得小心那手杖中是不是另有奇怪，或許，藏在手杖中的是一顆小型的烈性炸彈，又或許，那是一些劇毒的東西，你心急什麼！」木蘭花拿起了手杖，向樓上走去。

「蘭花姐，你不要我幫忙麼？」穆秀珍只是怕麻煩，她從來也沒有耐性去打開一個死結，但是炸彈和毒藥她卻是不怕的。

「不必了，我到書房去拆這根手杖，你在客廳中小心注意著外面的動靜，我估計那傢伙絕不會只是送文件給我們那樣簡單的！」

「不過，蘭花姐，你說那手杖中可能有……」

「你不必擔心，我會小心的。」

木蘭花已向樓上走去了，穆秀珍只得嘆了一口氣，在沙發上坐了下來。

木蘭花進了書房，將手杖放在書桌上，將光線也集中在桌面上。

那根手杖的確是由許多部分組成的，接合的地方十分緊密，不是用心看，幾乎是看不出來的。

木蘭花審視了片刻，才用一柄十分薄的薄刃，在每一道縫中試插著，看看是不是能夠活動，不到二十分鐘，她就解下了手杖的尖端來了。

凡是這一類由許多物件組成的整體，只要解下了一塊之後，要解開整體便不是難事了，木蘭花只花了大約五分鐘的時間，便將手杖拆成了二十四塊。

在手杖拆開之後，手杖的中心部分，出現一根鋁管，約有手指粗細，八吋長，看來，像是放置高級雪茄煙的鋁管一樣。

木蘭花並不立即打開那鋁管，她只是用一具小型的電鑽，在那鋁管之上，鑽了一個小孔，然後，又用一具特殊的儀器，去檢查管內的情形！

當她肯定了管內只有紙張的時候，她才打開蓋子，將管內的一卷紙抽了出來，抽出了那一卷紙之後，證明她的小心全是多餘的了。

因為鋁管之內，除了那一卷紙之外，並沒有別的東西。然而木蘭花卻一點也不因為所採取的小心措施而感到後悔。

這種小心行事的作風，是木蘭花的最大優點之一，而事實上，她的性命也因為這種行事小心的作風，而被救過好幾回！

為了怕穆秀珍擔心，木蘭花拿起了桌上的內線電話。

她是想告訴穆秀珍，手杖已經拆開了，如果有興趣的話，可以一起上來，研究一下那份自手杖中取出來的秘密文件。

可是，內線電話的鈴聲一直在響著，卻沒有人接聽，在樓下傳來的「滋滋」聲，是連木蘭花也可以聽得到的，穆秀珍怎會聽不到？

木蘭花連忙放下電話，站了起來，順手拿了一個銅鎮紙，將那三張紙壓好。她好不容易取出了那三張紙，當然是急於先想看一看的。

但是，穆秀珍竟然不接聽電話，那當然表示有不尋常的事發生了，她自然不能不先去看上一看。

她拉開了門，叫道：「秀珍！」

樓下沒有回答。

木蘭花走出了兩步，向下看去，下面燈火通明，並沒有什麼異樣，她又叫了兩聲，同時，奔了下樓梯。她一到了客廳，便發現客廳的門並未關上。

同時，她也發現，穆秀珍不在客廳中。

木蘭花連忙又奔到了花園中，穆秀珍也不在，而花園的鐵門卻鎖著，但這不足以證明穆秀珍未曾離去，因為木蘭花是知道穆秀珍經常因為不耐煩打開鎖，而由鐵門上翻出去的。

木蘭花在鐵門後，向公路望去。

公路上十分靜，幾乎沒有汽車來往。

木蘭花又回頭看去，車房中沒有車子，但那一點也不值得奇怪，因為她的車子在市立藝術院外撞毀了，還未曾修好。

穆秀珍上哪裡去了，木蘭花自然不可能知道。但是木蘭花卻可以料想得到，穆秀珍一定不在家中了，而且，她還是在一種十分意外，十分倉猝的情形之下離開的，她甚至連高叫一聲，通知自己的時間也沒有，可知事情是如何急迫。

而且，木蘭花也知道，穆秀珍一定是自動離去的，因為客廳中的一切，都十分寧靜如常，如果有人企圖強迫穆秀珍離去，一定不會這樣的。再加上鐵門仍然鎖著，也是一個證明，如果有人強迫穆秀珍離去，而又要穆秀珍爬過鐵門的話，那至少要大聲呼一兩聲。

如果有人呼喝，木蘭花也絕沒有聽不到之理。

穆秀珍是因為什麼事情而突然離去的，木蘭花實在猜不出來。剛才，她雖然全神貫注地在拆解那根手杖，但是如果有什麼異樣聲響的話，她一定可以聽得到的！

8 雨中的情人

木蘭花在鐵門之前，並沒有停留多久。

穆秀珍既然離去了，而她又不知道穆秀珍是去了什麼地方，去尋找她，那是徒然浪費時間，所以木蘭花立時回到了書房之中。

但是，她卻也不是什麼辦法也不採取。

她一回到了書房中，便立時和雲四風通了一個電話，告訴雲四風，穆秀珍突然離去，不知何往，她要雲四風駕著車在公路上盡可能去尋找。

雲四風焦灼地問木蘭花應該怎麼找，但是木蘭花卻無法回答這個問題，因為木蘭花對穆秀珍去了何處，也是茫無頭緒的。

她放下了電話，勉力使自己不安的心情，停了下來，拿起了那份文件來，那份殘缺不全的文件，只有三張紙，而且還顯然是拼貼起來的。

第一頁上，是市立藝術院的平面圖，上下兩層都有，十分詳盡，每一個空格內都有文字註明這是什麼地方，連一間小小的儲藏室也不例外。

木蘭花曾在市立藝術院中搜查了近十天，對藝術院的一切結構，自然瞭然於胸，她略看了一遍，便知道那份圖畫得十分精確。

但是，如果說在這幅畫中，有著什麼特殊的地方，那也絕不見得，只不過那張紙的右上角，卻缺了一角，可以看到一個「藏」字。

當然，那可能是一句說明，而且是關係極重大的一句說明，但如今卻只剩下了一個「藏」字。從一個字去推測整件事，那自然是極其困難的了。

木蘭花看了一會，又去看那第二張紙。

那第二張紙卻是一份報告的手稿，十分潦草，好在木蘭花對於日文的造詣很高，她可以完全看得懂，那是一封公函。

發出公函的，是日軍東南亞總部，信是發給當時本市的日本占領軍的，在信中約略提到日軍在太平洋戰爭中的節節失利，同時，也提出一批「物資」已然運來本市，必須用最特殊的方法，來保持這批最特殊的「物資」云云。

至於那是什麼「物資」，信中卻沒有提明白。

當然，信中是不必提明的。因為當時的接信人，自然同時也接到了那一批物資，一看就可以明白那是什麼東西了。

信上有收信人的姓名，但是木蘭花知道，這位日本將領後來調赴前線，已然陣亡了，當然，也不可能從這方面著手，來查知那「特殊物資」是什麼了。

木蘭花看到這，略想了一想：「特殊物資」，是不是如那人在電話中所說，是一批假的美鈔呢？木蘭花搖了搖頭。

因為在第二次世界大戰期間，軸心國大量印製假英鎊和美金，已然不是什麼「特殊」的秘密了，所謂「特殊物資」，也一定不會是假美鈔。

而那人之所以這樣告訴自己，當然是另有用意的。

他的用意，其實也十分容易揣知，他是想自己這方面以為事情已了，而放鬆對藝術院方面的警戒，從而可以容易下手。

木蘭花放下了第二張紙，又去看第三張。

第三張的殘缺不全更甚，那是一張普通的紙，像是從最普通的練習簿上撕下來的，但又被人撕成碎片過，如今看到的，是其中的若干碎片，被拼湊起來之後，又貼在另一張紙上的，所以東缺一塊，西少一塊，上面有著文字，但文字的意義，也因而無從解釋。

木蘭花皺起了雙眉，紙上最連貫的是五個字，那是「頭上頂水的」五個字。這五個字是什麼意思，只有神仙才曉得了。

其餘的字，全是三個，兩個，甚至一個的。

那也全是一些沒有意義的字，例如「晨早」，「暴風雨」，「一個坐中」，「晚」，「野」，「四隻」，「瓶」，「靜」等等。

這些字，可以說全是不連貫的，它們之間，究竟有著什麼意義，實在難以推測得定。木蘭花這時也明白了何以某國領事館中的特務人員，在得到了這樣的文件之後，也寧願將之出賣，而不願意自己費神去推敲這些單字中的含意了。

木蘭花相信這三張紙，正是原來的文件。

她這時也進一步地知道，對方將這件文件送給她的用意了，那是對方已然猜破了文件中的啞謎，而來考考她，看她是不是也猜得出來。

這是一種挑戰！

她殫智竭慮，設想著這種單字間的含意，因為她知道，這第三張紙，才是最重要的一張，這張紙和前一張紙，兩張紙的右上角，都有相同的兩個小孔，那是釘書機的痕跡。

可見這兩張紙，當時是被連在一起的，那麼，這張紙上所寫的，自然便是信中所提到的「特殊物資」了！

那藝術院的圖樣紙，紙張不同，是後來加上去的。

這就更有理由使人相信，這批特殊物資，到了本市之後，是和藝術院發生過關係的，可能它們還留在藝術院之中！

但是，那是些什麼，在什麼地方？

那封信中，曾提及十多個人護送前來，而且又被稱為「物資」，數字一定不少，而且，體積也絕不會小的。

那麼，何以如此徹底的十日搜尋，竟會一無結果？

木蘭花被無數疑問所包圍著，暫時忘記了穆秀珍的突然離去，直到她聽到了門鈴響，她才奔去，看到雲四風站在鐵門外。

「蘭花，秀珍回來了嗎？」雲四風焦切地問。

「沒有。」木蘭花打開了鐵門。

但是雲四風卻並不進來，天氣雖然冷，但是他還是用手帕不斷地抹著汗，道：「我在公路上來回馳著，什麼跡象也沒有。」

木蘭花的心中其實也十分急，但是她卻不得不安慰雲四風，道：「你別急，或者她忽然高興起來，去看一場電影，也說不定的。」

雲四風嘆了一聲，道：「蘭花，你不必安慰我了，那怎可能？我再去找找她，她什麼也未曾對你說，就突然走了麼？」

「是的，而且她是不應該走的，我叫她留在客廳中，注意著外面的動靜——」

木蘭花講到這，突然停了下來，像是忽然想起了什麼一樣。

雲四風卻是莫名其妙，道：「為什麼要留意外面的動靜？究竟發生了什麼事？」

木蘭花大聲道：「對了，她一定是發覺外面有什麼動靜，是以才離去的。可是……可是……如果是什麼聲響驚動了她，何以我一無所覺呢？」

雲四風仍不明白木蘭花在說些什麼，木蘭花深吸了一口氣，道：「四風，你別急，秀珍是有意外了，你車子在外面麼？我們先上車，我再將事情的經過，詳細地告訴你！」

他們一齊走出了鐵門，木蘭花將鐵門鎖上，又按下了一個掣，圍牆上的電流接通，門柱旁的自動攝影機也開始工作了。

這是她們兩人都不在家中時的安全措施。

木蘭花和雲四風一齊到了車旁，雲四風打開車門，讓木蘭花上車，道：「那麼，我們該到什麼地方去找尋秀珍呢？」

「沒有辦法，我們只好順著公路駛去看看。」木蘭花說。

雲四風一腳踩下油門，車子在黑暗之中，飛馳而去。

木蘭花估計得沒有錯，穆秀珍的確是聽到了外面有動靜，是以才離開的。

而木蘭花之所以未曾覺出有什麼動靜，並不是她未曾聽到聲響，而是她聽到了而未注意。

因為那聲音太普通了，那是一陣汽車疾駛而過的聲音而已。

她們的住所貼近公路，公路上每天不知有多少車子來往，汽車聲她們是聽慣了的，木蘭花自然不會去注意汽車聲的。

但是，穆秀珍又何以會注意到那汽車聲，而且還將她吸引得離了開去呢？

穆秀珍在木蘭花上了樓之後，一肚子悶氣，倒在沙發上，她也覺得，不論是哪一件事，不論是如何驚險，但是卻從來也沒有一次像如今那樣，膠著了那麼久，卻是連一點進展也沒有。

這次，她覺得氣悶非常，恨不得敵人全數出現，那麼她縱使不敵，也可以拚上一拚！

就在這時，一陣汽車引擎聲自遠而近，傳了過來。

穆秀珍是一個粗心大意，沒有耐性的姑娘，但不要以為她一無長處，她聰明，而且興趣範圍極廣，對於各種機械，更有極深的研究。

這時，她一聽得那陣汽車聲，人便跳了起來。

她已有這個本領，幾乎一聽引擎聲，便知道那是什麼類型的車子，而這時，她聽出了那一陣聲音，和剛才照明彈射進來之後，立時遠駛去的車聲，是一模一樣的！

那麼，會不會是剛才車子中射出了照明彈，為了安全起見，不掉頭駛去，而直衝向前，直到如今，才駛回來呢？

穆秀珍一面心念電轉，一面已向外奔了出去。

她奔到了鐵門前，一縱身，就爬上了鐵門，身子伏在圍牆上，這時候，那輛車子已駛近了，速度十分快，可以隱約看到，車中只有一個人！

在那一剎間，穆秀珍的心頭，不禁怦怦亂跳了起來。

她在奔出來的時候，只不過想看上一看駛來的車子是什麼樣的而已。然而，當她伏在牆上之際，她卻發現，迅速駛來的車子，是貼著路邊駛過來的。

那也就是說，車子將在她伏身的圍牆下駛過，她可以並不十分困難地跳到車頂之上，當她想到這一點的時候，她實在連考慮一下的時間也都沒有了。

車子疾駛而來，她也在最適當的時間跳了下去。

穆秀珍是一個極其傑出的運動家，這一類驚險運動尤其是她最拿手的，當她的身子接近車頂時，已然是伏下的姿勢了。

她的身子幾乎是平貼在車頂之上的，當然，她的身子曾因為車子迅速的前衝，而向下移了一移，使她的雙足碰到了行李箱。

穆秀珍自然知道，那樣子，在車廂中的人不必回頭，就可以在後照鏡中發現車頂有人的，是以她連忙擺動著身子，使自己的身子全都伏在車頂之上。

這是一件十分困難的工作，穆秀珍的雙手用力地握住車窗的上沿，她全身的重量，就憑那一點地方支持著，她是隨時都可能滑下去的。

澈骨的寒風迎面而來，穆秀珍根本沒有打算冒險，她自然也未曾穿足夠的衣服，是以她的身子不斷地在發著顫。

而更令她感到痛苦的，是那霏霏的細雨。

在這樣的細雨之中，和情侶漫步，的確是夠詩意的了，但是如今由於車速在六十哩以上，迎面撲過來的雨絲撞在臉上，就像是尖銳的小沙粒一樣，十分疼痛，連眼也睜不開來。

穆秀珍幾乎要放棄這樣的跟蹤了，但是她還是緊伏在車廂頂上。

因為令她感到欣慰的是，駕車的人一定未曾發現車頂上已有人伏著了，不然，他至少應該停下車來，檢查一下的。

那也就是說，她如今雖然忍受著痛苦，但卻是值得的。

她勉力張開眼，向前看去，只見車子已漸漸地接近市區了。但即使那樣，也因為天氣不好的緣故，路上仍然只有這一輛車子。

在快到市區的時候，車子突然轉了彎，並不直接駛進市區，而在一條更冷僻的路上行駛著，不多久，車子便突然停了下來。

車子的停頓是突如其來的，穆秀珍的身子在車頂上，猛地向前一滑，幾乎越過車頭，跌在地上，幸虧她及時穩住了身子。

車子停下來，只見路邊有人問道：「完成了麼？」

車子上司機道：「完成了，但，這輛車子不要了。」

「可有人跟蹤？」

「當然沒有！」

「好，我去將卡車開過來！」

穆秀珍直到這時，才看到一個人從黑暗中冒了出來，向前奔了出去。穆秀珍抬頭看去，看到前面路邊上停著一輛大卡車。

那人上了卡車，將卡車倒退了過來，車中那司機登上了卡車的頭部，這時，穆秀珍也從車頂上翻了下來，爬上了卡車。

與伏在高速行駛的車頂上相比，穆秀珍這時進了卡車，那是舒服得多了，她呼了一口氣，雙手握著冰凍的臉，坐了下來。

卡車上遮著帆布篷，卡車中十分黑暗，也根本看不清什麼，穆秀珍坐定了之後，向車頭走去，在車頭後面蹲下身子來。

她本來是想聽一聽那兩人在交談些什麼事的，因為從他們兩人行動鬼祟這一點來看，他們分明不是什麼好東西，可能他們正駛回巢穴去，而這時竊聽他們究竟在交談些什麼，自然也極為重要。

穆秀珍蹲了下來之後，只聽得前面兩人果然在交談，一個道：「就是你一個人來接應我麼？不是說好是兩個人的嗎？」

開卡車的那人道：「是啊，可是臨時變更了命令，另派了一個人，那人的脾氣很怪，他自己一個人縮在漆黑的車廂中，我奉命非但不可干涉他，而且還必須服從他的命令！」

穆秀珍聽到這，心中還在想，那另一個人，一定是一個十分重要的人物。可是突然之間，她不禁全身發起抖來！

那另一個人，一直縮在漆黑的車廂中！

那也就是說，車廂中除了她之外，還有另一個人！

如果車廂中還有另一個人的話，那麼她的行藏當然已被發現了，穆秀珍一想及此，心中的吃驚，當真是難以形容的！

她一挺身子，準備站起來。

可是，已經遲了！

就在她的身子略動一動之間，一道強光，已突然向她照射了過來，那是強力手電筒的光芒，照得她連眼也睜不開來。

她的頭忙一側，身子也趕急側向一邊。

可是那股強光，卻一直集中在她的頭部。在這樣的強光照射下，人家當然可以將她看得清清楚楚，但是，她卻一點也看不到對方！

她陡地向旁跳出兩步，又立時跳了回來，可是一點用處也沒有，她擺脫了那股強光，而當她迅速的跳動之際，她雖有極短的時間脫離強光的照射，但是在那一剎間，她的眼睛由於受強光的刺激太甚，也根本看不見什麼。

那用強光照住她的人，突然笑了起來。

一聽得那笑聲，穆秀珍便倒抽了一口涼氣！

她認得出那聲音，那正是屢次打電話給木蘭花的那人，就是她們在這件事情上的死對頭！

穆秀珍怒道：「原來是你！」

「可不是我麼？小姐，你的身手，可真的不錯啊！」

「哼！移開那股光！」

「當然不移開，小姐，而且我勸你別再動，我百發百中的毒針，隨時可以令你喪生的。」那聲音又陰惻惻地笑了好幾下。

穆秀珍氣得胸口不住地起伏，連話都講不出半句來。

「我當然料到，雖然事出意外，但以兩位小姐的神通而論，一定仍然有辦法跟蹤我派出去的人的，果然不出我的所料，但是你的冒險精神和機智勇敢，都使我佩服得無以復加。」

「少廢話。」穆秀珍冷冷地回答他。

「這不是廢話，你總不能拒絕一個人對你的讚美吧？」

「你是誰？」穆秀珍問。

「一個人，我當然是一個人，至於我是什麼樣的人，我是誰，我的樣子如何，有些什麼履歷，我將有些什麼樣的行動計劃，這一切，世上將沒有人知道。」

穆秀珍「哼」地一聲，冷冷道：「那只是暫時的吧。」

那人笑道：「我想是永遠的！」

穆秀珍道：「你連個稱呼也沒有麼？那麼人家和你講話，稱你做什麼好呢？難道烏龜王八，隨便人家怎麼高興叫，是不是？」

穆秀珍繞著彎兒在罵那人，那人連連冷笑，道：「當然我有一個代號，可以代表我的名字，我的代號是血影掌！」

「哼，那算什麼，不倫不類，像一部三流電影的片名。」

「當然有意義的，世人非但不能知道我的真相，甚至在我有所行動之際，任何人對我的一切，仍然是無法瞭解的，當我揚起手掌來的時候，沒有人看得到我的手掌，最接近我的人，也只不過看到我的掌影而已，但這已足夠使人聞到血腥味了。」

穆秀珍想起自己和他在敵對地位那麼久，的確連他的影子也未曾見到過，而吃他的虧，卻已不止一次兩次，死的人也不少了！

她道：「原來你是一個嗜血的魔鬼！」

「不論你說什麼都好，小姐，為了保持我的秘密，維護我的利益，我絕不會吝嗇殺人的，希望你不要逼我對你下手！」

寒風自帆布的隙縫中吹進來，令得穆秀珍更加感到陣陣生寒，而這時候，卡車已然停了下來，那聲音道：「下車，我有話吩咐你。」

穆秀珍道：「你用光照著我，我怎麼下車。」

「你會有辦法下車的，裝死對你沒有好處，而且，你在下車的時候，需要一直保持著雙手放在頭頂的姿勢，明白否？」

穆秀珍心中怒不可遏，但是在如今這樣的情形下，她卻不得不照辦，她將雙手放在頭頂上，那股強光仍然照著她。

她什麼也看不到，只好慢慢地向前移動著。

但是這時，她卻已開始有了逃脫的計劃。

她是在卡車的車廂中，那人也是。

那人一直用強光燈照著她，那當然是面對著她的，但是那人也要下車的，他如今是在向後退著，難道退到卡車的頂上，他也是背著身跳下去的麼？

就算是的話，那麼，那股強光也必然有一個短暫的時間離開她的，那是她可以利用的一剎那——是以這時，她雙手放在頭頂上，緩慢地向後移動著。

可是事實上，她全身已蓄滿了精力！

果然，不消多久，用強光電筒對準了她的那人，躍下卡車去了，他是轉過身，向下跳去的，那比穆秀珍期望的更妙！

穆秀珍在那人轉過身，向下跳去，強光離開了她頭部的一剎那間，其實還是什麼都看不到的，但是她卻知道，那人一定離得她極近！

是以，她雙足用力一蹬，不顧一切地向前直撲了出去！

這一下若是撲了個空，那她一定會撲在地上，跌至昏過去的！

但是，她卻撲中了！

當她撲向下之際，那人已立即轉過身來，強光也再度掃向她，但是，穆秀珍的身子卻已然重重地撞中了那人，兩人一齊跌在地上！

那支電筒，向外滾了開去，停在一個石階之前，穆秀珍也不及去打量四周圍的情形，她雙手緊緊地箍住了那人的頭部。

那人用力地掙扎著，使得穆秀珍不得不鬆開一隻手來。

然而穆秀珍鬆開手來之後，對她卻更有利了，她在那人的後腦上，接連重重地敲了幾拳。

這時，四面八方的腳步聲傳了過來，還有幾股強光，向他們糾纏處射了過來，但穆秀珍卻是有恃無恐，因為她心知她制住的，是這個組織的首腦。

那人仍在拚命地掙扎，有兩個人疾擁了上來，揮拳相向，天色雖然陰暗，但是穆秀珍已然可以辨出向她擁來的那兩條人影了。

她的身子突然站了起來。

然而，在她站起來的時候，她的雙足卻在那人的頸上用力地絞了一絞，那是摔角中的一式「頸絞」，這一絞，是可以使人暫時失卻知覺的。

而她身子一站了起來，自然也避開了擁過來的那兩個人。穆秀珍身形立刻又一蹲，雙手按在地上，雙足向擁過來的兩人的小腿用力蹬了出去！

那一蹬，恰好踢在人體中最易斷折的膝骨上，「啪啪」兩下響，那兩個人已然慘叫著在地上打滾，而穆秀珍已一把拉住了那人的衣領，向外便滾了開去。

拿著電筒奔出來的人雖然多，但是電筒握在人的手中，人在奔走著，光線卻是閃動不定的，而且，奔出來的人多，亂成了一片。

在這樣的情形下，對穆秀珍反倒有利得多，她拉著那人，疾爬出了十碼，到了牆腳下，竟沒有人發現她。

穆秀珍喘了一口氣，這才有機會打量自己是在什麼地方，她抬頭看了一眼，發現自己是在一個極大的花園中，花園的中心，則是一幢洋房。

而她如今處身的地方，則是在圍牆腳下。

穆秀珍心知，如今暫時雖然被自己走脫了，但是只要還在圍牆的範圍之內，遲早是會被人發現的，她必須盡快地離開！

她抬頭向圍牆望去，圍牆並不十分高，大約八呎半光景，她先將那昏過去的人的身子扶直，然後，她自己先翻過了圍牆，再伏身下來，拉住了那人的衣領，將那人直提了上來，一齊翻過了圍牆。

當他們兩人一齊跌在牆外柔軟的草地上之際，那人發出了一下呻吟聲。但是穆秀珍立時在那人的頸際補了一掌。

她拖著那人，在路上疾奔了出去，這時候，她心中的興奮，實在是難以形容的，她奔出的勢子，也來得格外地快，雖然她拖著一個人，卻一點也不覺得沉重。

她奔出了一百多碼，才在路邊發現一輛停著的車子，要弄開一扇車門，並且駛走這輛車子，那實在是再容易不過的事情了。

穆秀珍在兩分鐘之內就完成了這些，她將那人塞進車廂，她駕著車，向前疾駛而出，車子駛出不久，那人又呻吟了起來。

穆秀珍本來是想再補上一掌，讓他再次昏迷過去的。但這時，離他的巢穴已十分遠了。他的黨羽就算再追上來，也不一定發覺得了，何不趁機向這傢伙逼問一下文件中的秘密究竟是什麼？

同時，這傢伙口氣這樣大，說沒有人知道他的真面目，甚而連看也看不到他，哼，如今且看他還怎樣隱瞞自己的面目！

她改變了主意，將車子拐進了一條冷靜的街道，停了下來，然後，她一伸手，捉住了那人胸前的衣服，準備看一看那究竟是何等樣人。

可是，她的手才一抓到那人的衣服，那人的雙手突然一齊揚了起來，「砰」地一聲響，兩拳已一齊擊中了穆秀珍的面門！

那兩拳，直打得穆秀珍眼前金星直冒！

而那人用力一掙，身子一縮，已然掙脫了穆秀珍的手，打開車門，便翻身出去。

穆秀珍猛力地搖著頭，她看到那人正在向前疾奔而出，穆秀珍也不下車去追，她加大車頭燈，踩下油門，車子震動著，向前疾衝了過去，那人雖然在飛奔著，但是他飛奔的速度，又如何及得上汽車的速度？

汽車離得他越來越近了，車頭燈的燈光，毫不留情地將他的身形暴露無遺，但是穆秀珍卻仍然看不到他是何等樣人，因為他正在亡命向前逃去，是背對著穆秀珍的，轉眼之間，便追到了街口，那人的身子，打橫向外跳了出去。

穆秀珍用力踩下剎車，車子猛地停住。

穆秀珍又立時將車子轉了過來，那人在她前面十多碼處，穆秀珍又待加大油門衝過去，可是就在這時，只見前面有輛車迎面而來。

而那人已揮舞著雙臂，在呼叫道：「是我，是我！」

接著，便是一陣密集的槍聲，子彈呼嘯著向前射來，穆秀珍連忙伏下身子，她車子的車頭燈立時被射破，穆秀珍並沒有帶槍出來。

別人在這樣的情形下，一定設法掉轉車頭走了，但是穆秀珍卻絕不，她的身子雖然伏下來，但是她的腳卻仍然踏在油門之上。

這時，她用力踏了下去，她的車子，像是一頭瘋了的野馬一樣，引擎發出一陣怒吼聲，向前直衝了出去，在不到半分鐘的時間內，一聲巨響，她的車子已和迎面而來的那輛車子相撞了。

車子還還未曾相撞時，穆秀珍便從車中滾了出來。

但是，她滾下車子之際，跌得太重，身子在向外滾去之際，頭部又撞在馬路和人行道相連的石階上，以致令得她昏迷了過去。

木蘭花和雲四風兩人，駕著車在黑暗的公路上飛馳著，木蘭花將對方如何派人將那根手杖送了來，手杖中真的是有著那三件文件的事，說了一遍。

雲四風顯得十分心不在焉，他只是不斷地四面張望，希望能在路上發現穆秀珍的蹤跡，木蘭花所講的話，他也只是聽了一個大概。

若是在平時，雲四風一定要向木蘭花追問那份文件的內容了。可是這時，他卻連這一點也不問，他全副心神，都落在關心穆秀珍這件事上了。

車子眼看快駛到市區了，木蘭花突然道：「你從市區來的時候，是不是走這條路來的？」

「是啊，我什麼也沒有發現。」

「那麼，你再向前去，就可以看到有一條支路，我們不妨駛進那條支路去看看。」

雲四風明知道這樣找，要找到穆秀珍的希望是十分微小的，但如果衝進市區中，豈不是更沒有希望？是以一到了支路，他便轉過了車子。

他們的車子才轉上支路，前面便傳來了槍聲。

槍聲當然不是從遠處傳來的，但是，在寂靜的夜晚，槍聲聽來也十分清晰。槍聲一起，雲四風便將車子停了下來。

車子才一停下，前面又是一聲巨響。

木蘭花忙道：「快，循聲趕過去看看，究竟發生了什麼事！」

雲四風的聲音已然有些發顫，道：「不……不會是秀珍……」

「快去看看再說，亂猜測是沒有用的！」

木蘭花的心中也是十分的焦急，是以催促著雲四風。

他們的車子又向前疾馳而出，而當他們的車子還未曾走過一個十字路口之際，已看到一輛警號大響的警車，以極高的速度向前駛去。

他們和警車，幾乎是同時到達出事地點的，一拐進這條街的街口，便看到兩輛汽車撞在一起，車身拱起，成了一個三角形，而兩輛車也一齊在燃燒中！

在車子的側面，躺著兩個人，其中有一個人，仰天躺著的，正是穆秀珍！

警車上的警員已紛紛地下了車，雲四風不等車子停定，便推開車門跳了出去，他在地上接連打了幾個滾，滾到了穆秀珍的身旁。

「秀珍，秀珍！」他大叫著，搖著穆秀珍的身子。

穆秀珍只是撞昏了過去，雲四風搖了幾下，她便睜開了眼來，當她看到雲四風之際，她先是呆了一呆，緊接著，她緊緊地抱住了雲四風！

木蘭花向這動人的一幕看了一眼，便奔到另一個人的面前，那人傷得十分厲害，手足斷折，胸部凹下去，頭也扁了，面目難認，分明早已死了。

而且，在一輛車中，還有一個死者，那死者是坐在司機位上的，他的身子，已幾乎成了一塊焦炭，實在是慘不忍睹。

那兩個是什麼人，木蘭花當然說不出來，而一位警官卻已然認出了木蘭花，奔到了她的身邊，道：「蘭花小姐，這兩個是什麼人？」

木蘭花搖了搖頭，道：「我也不知道，這要問秀珍。」

那警官和木蘭花兩人一齊向穆秀珍望去。

只見穆秀珍和雲四風已經站了起來，他們兩人仍緊緊地靠在一起，這時候，兩個人更緊密了。

火也熄了，附近一片黑暗，只靠汽車的車頭燈在照明，而在照明範圍之內，雨絲幻出一種十分奇異的光彩來。

而雲四風和穆秀珍又恰好站在車頭燈的旁邊，那種像夢幻也似的奇異的色彩，襯著他們兩人，偎依在一起的動人的身形，看來更是動人，此情此景，簡直就像是一幅畫一樣。

木蘭花向他們望了一眼，心中隨即想到，一位極有名的義大利現代派畫家，有一幅名作，就叫「雨中的情人」，當這幅名作初問世之際，曾受到不少批評家的詬病，因為畫上看不到人，也看不到雨，只見到一片朦朧迷幻的光彩。

但如今，雲四風和穆秀珍這一對雨中的情人，不正是如同在夢幻之中一樣麼？木蘭花一面想，一面向前走去。

可是，她只走出了一步，便突然呆住了。

在那一剎之間，她的心中突然一震！

「雨中的情人」，她曾在什麼地方看到過「雨中」這兩個字？

是了，是在那張殘破的紙上！

「雨中的情人」這幅價值連城的名畫，是在第二次世界大戰期間失蹤的，不但是「雨中的情人」，許多名畫都失蹤了。而這些名畫，都是極為值錢的！

當木蘭花突然想到這一點時，幾乎什麼全想通了！

所謂「特殊物資」，乃是一大批名畫！

而那張殘破的紙上，不可解釋的字，也正是那批價值極高的名畫的名單！

木蘭花幾乎立即就可以說出好幾幅名畫的名字。「雨中」自然是「雨中的情人」，「四隻」不是那著名的「四隻紅馬」又是什麼？「一個坐」自然是荷蘭名畫家倫勃朗的「一個坐著的老婦人」了，而「頭上頂水的」五個字，毫無疑問，也就是畢加索早期的名作，「頭上頂水的印度女人」了。

這全是名畫，全是全世界各地的收藏家肯出極高的價錢收購的名畫，而這批名畫，居然落在本市，就在本市的藝術院之中，而不為人知！

木蘭花興奮得高叫了起來，倒將其餘的人嚇了一大跳。

木蘭花抬起頭來，向那警官道：「請立即用無線電話，和高主任連絡！」

那警官答應了一聲，穆秀珍來到了木蘭花的前面，有點神色尷尬地道：「蘭花姐，我……又差點闖禍了，可是我卻也幾乎捉到了那人來見你！」

木蘭花興奮的心情立時平抑了下來，道：「好，你將經過情形，慢慢講給我聽，我一和高翔通話後，我們就上藝術院去。」

「上藝術院去？」穆秀珍道：「可是你已從那文件上想到什麼？」

「是的！」木蘭花回答著，快步來到了警車旁，在警官的手中接過電話來，道：「喂，高翔，你立即和藝術院院長一齊到藝術院去！」

她不等高翔再問，便放下了電話，道：「我們走！」

在車中，穆秀珍將她的遭遇講了一遍，仍然為她未能活捉那人為憾。

木蘭花卻道：「秀珍，我看那人甚至沒有死，他逃走了！」

穆秀珍道：「你怎麼知道？」

「我是從你所講的來推測的，我想，當你的車子撞上另一輛車子的時候，他還根本沒有足夠的時間上車，那兩個死者，一個在車中，一個顯然是在車中被拋出來的，怎會是那自稱血影掌的人呢？」

穆秀珍苦笑了一下，道：「那麼，我們的事情還未曾完！」

木蘭花不出聲，十五分鐘之後，車子已在藝術院前停了下來，而高翔和院長也早到了，他們兩人，就在大門口等著。

木蘭花一看到了院長，便道：「院長，自日軍撤退，這便由你來接管的，是不是？」

院長道：「是啊。」

木蘭花又道：「我們已獲得極可靠的資料，一批價值極高的名畫，由日軍留在此處，其中包括『雨中的情人』、『四隻紅馬』等等。」

院長睜大了眼睛，道：「小姐，你不是和我在開玩笑吧？要不然，你就是以為我連這樣的名畫也認不出來了，是不是？」

院長已有點發怒了，但木蘭花仍然道：「一定有的，可有什麼畫，是留在院中，而又沒有被編在陳列收藏目錄中的嗎？」

「當然有，多得很哩！」院長沒好氣地向走廊的大方柱一指，「這些畫，有八十多幅，全是不編目錄的，這些全是你所指的名畫麼？」

木蘭花發出了一下驚呼聲，伸手在自己的額上敲了一下，道：「難怪我們找不到，原來我們要找的東西，就在我們眼前！」

她向前奔了出去，奔到一條柱前，將柱上所掛的一幅拙劣不堪的油畫取了下來，用手指甲在油彩上剝著，不一會，便剝下了巴掌大小的一塊來，而在這層油彩之下，卻另外還有一層油彩！

眾人都不禁看得呆了。

木蘭花興奮地叫著，她很少有這樣興奮的，她叫道：「你們看，你們看到沒有？被認為垃圾一樣掛在柱上的，全是稀世的名畫，只不過上面被另一層油彩蓋住了而已！這些畫，任何一幅都值數十萬美金，這些柱子，簡直是掛滿了黃金的柱子，可是多少年了，這些連笨賊也唾手可得的名畫，卻連動一動的人都沒有！」

高翔深深地吸了一口氣，道：「別說人家了，我們呢？還不是找遍了所有的地方，卻連正眼也不向那些畫瞧上一眼！」

三個月後，一共是八十二幅名畫，全經過專家的處理，回復了本來面目，隆重展出。世界各地的藝術家聞風而來的，不知多少。

展出時的剪綵人，院長本來是請木蘭花的，但木蘭花卻讓給了穆秀珍，當穆秀珍揮動金剪之際，木蘭花又不禁想起雨中那一幕來。

血影

1 血影掌

市立藝術院展出被湮沒了近二十年的八十多幅名畫的當天下午，木蘭花姐妹剪綵回來之後，她們接到了兩個電話。

第一個電話，是木蘭花聽的。那電話是貴族集團一個自稱是歌芳伯爵的人打來的，歌芳伯爵是「貴族集團」的領袖，這是人所皆知的。

而在市立藝術院的事件中，木蘭花雖然曾和「貴族集團」有過接觸，但是雙方未到敵對的程度，歌芳伯爵在電話中，只是恭賀木蘭花的成功。

木蘭花自然聽得出，對方的話中，大有「這一次你算是揀了一個便宜，下一次有事，希望你不要再插手」之意，但是木蘭花也未曾點穿，只是敷衍了幾句算數。

第二個電話和第一個電話，相隔只不過一分鐘，那時，木蘭花已轉身走向樓上去了，是以電話是穆秀珍接聽的。

木蘭花幾乎立即就聽得穆秀珍在電話中和對方吵了起來，她聽得穆秀珍在大聲嚷叫，道：「你有什麼事，只管對我說好了！」

「秀珍，什麼事？」木蘭花轉過身來。

「哼，這傢伙豈有此理，我告訴他我是誰，他居然瞧不起我，硬要找你來說話，哼，我看他就沒有什麼大不了的事情。」

木蘭花秀眉微蹙，低聲道：「秀珍，你也太任性了！」

她走了過去，將穆秀珍手中的電話接了過來，只聽得電話的那端，是一個充滿了恐懼，甚至在發抖的聲音，道：「秀珍……小姐，我……不是瞧不起你……對你說，可能也是一樣的，可是……可是我卻想聽一聽……木蘭花的聲音……」

「我就是木蘭花。」木蘭花平靜的聲音回答。

「噢，那太好了！」那邊的聲音長長地吁了一口氣，像是個落在水中的人，忽然抓到了一個救生圈一樣，「木蘭花小姐，你能……來看我麼？」

「我為什麼要去看你？」木蘭花反問。

「本來我是應該來看你的，但是我……卻已被監視了，我不能離開這裡，我……我是……血影掌手下的一員，我……不想被逼自殺，你一定……要來救我！」

「血影掌？」

「是的，就是也想得到那批名畫的人。」

木蘭花深深地吸了一口氣。血影掌，這個一直連一點線索也沒有，凶惡，狡猾之極的敵人，如今總也有他的部下要叛變了！

對於木蘭花而言，這無疑是一樁極好的消息。

但是，冷靜縝密的木蘭花，卻也立時考慮到：這是不是一個陷阱呢？因為自己發現了那批名畫，如今，那批名畫已在嚴密的保護之下，那個自稱是「血影掌」的人，將一無所得，他心中自然極為懷恨，那麼，這是不是一個圈套呢？

木蘭花一面在迅速地轉著念，一面道：「你在哪裡？」

「我……在家中，我的地址是下昌道三十四號頂樓，我已經發現下面有人在監視著我的行蹤，因為昨天晚上在一個秘密會議上，我對他表示不同的意見。」

「他是什麼樣的人？」木蘭花緊釘著問。

「蘭花小姐，電話中講起來不方便，請你來，我一定將所有的一切全告訴你，還要靠你來救我，不然，我一定難逃他的毒手了。」

木蘭花本來想說，電話是最進步的通訊工具，凡是當面可談的事情，絕沒有在電話之中反而談不清楚的，但是木蘭花卻並沒有這樣說。

木蘭花的心中暗忖：你一定要我去，是為了什麼呢？

她緩緩地道：「好，我來看你。」

「請盡量快些，不然，你可能見不到我了。」

「我會盡快的。」木蘭花回答著。

「卡」地一聲，那人已掛上了電話。

穆秀珍也在同時放下了分機，木蘭花和那人的對話，她全在分機中聽到了，她抬起頭來，道：「蘭花姐，那人的技倆也太拙劣了！」

木蘭花用十分緩慢的動作，放下電話，然後道：「可以那麼說，那人不是有真正的危險，他的目的只是引誘我前去！」

「哼，讓他去空等好了！」穆秀珍撇著嘴。

「不，我要去。」木蘭花表示著相反的意見。

木蘭花的回答，令得穆秀珍呆了一呆，她叫道：「蘭花姐，你明知他是假的，你還要去上當，那豈不是成了傻瓜了？」

木蘭花微微一笑，道：「秀珍，你看事情，還是太簡單了。不論那人是真的也好，假的也好，這個人一定和那個血影掌有關係的，是不是？」

「那自然是。」

「這就行了，我們去，便多少可以得到一點頭緒。」

「可是——」

不等穆秀珍講完，木蘭花便已打斷了她的話頭，道：「我們不一定要去按鈴求見，我們大可以用別的方法進去看看的。」

穆秀珍先是怔了一怔，但是她立即明白木蘭花的意思了，她不禁笑了起來，道：「對了，他是住在頂樓的，那樣我們更可以方便很多了，是不？」

木蘭花笑著道：「我們得去改變一下容貌。」

穆秀珍蹦蹦跳跳，先搶上樓梯去了。

下昌道是一條很短的街道，兩旁全是六層高的大廈式住宅，雙號在左首，單號在右首，每一個號碼之間，房子都是緊捱著的。

這時，正是黃昏時分，一雙情侶互相靠著，慢慢地走了進來，那雙情侶全是時髦青年，女的不管天氣寒冷，仍然穿著極短的短裙。那男的呢，實在很難分得出他究竟是男是女來，因為他的頭髮實在太長了，而且，他也一樣穿著靴子。

他們一面走，一面在低聲地講著話，自然，他們的聲音十分低，但如果真能聽到他們在講些什麼的話，倒是十分有趣的。

因為那「男的」正在道：「蘭花姐，你看到沒有，這條街的車子中，至少有四五個人正在監視著我們，他們認出我們來了麼？」

那是穆秀珍！

那女的自然是木蘭花了。她回答道：「我想他們還不會認出我們，但是我們卻也不能在這裡有任何行動，我們若無其事地穿出去。」

「那我們怎麼辦呢？」

「到隔鄰的那條街去。你沒看到那些房子麼？全是相連的，在隔鄰那條街的屋子的天臺上，也可以跨到這條街的天臺上來的。」

穆秀珍抬頭看了一看，高興地道：「真的！」

那一雙「情侶」，不多久，便從下昌道的另一端走了出去，她們出了下昌道，轉了一個彎，來到旁邊的一條街道上。

然後，她們若無其事地走進一幢房子，乘升降機來到了頂樓，再走上一層，天臺的門是鎖著的，然而對木蘭花而言，要弄開那樣的鎖，簡直比點燃一支香煙更容易。

半分鐘之後，她們已然在天臺上了。

那兩條街道的所有屋宇，天臺全是連接的，只不過一幢與另一幢之間，有一個四呎高的矮牆而已。她們迅速地翻過了幾堵這樣的矮牆。

木蘭花由上而下望下去，下昌道上的情形，一覽無遺，只見有兩個人，本來是在汽車中的，但這時已出了汽車，正在不耐煩地踱著。

木蘭花回過頭來，道：「秀珍，我們如今所站的，就是下昌道三十四號的天臺了，那要我們來見他的那人，也就在樓下！」

穆秀珍的心情，又是緊張，又是興奮，道：「那麼，我們是爬下去呢，還是下一層樓梯，去按鈴要裡面的人開門？」

木蘭花在天臺上來回踱了幾步，道：「我下去按鈴，你呢，從天臺上向下爬去，最好不讓屋內人知道，就偷進屋去。」

穆秀珍向下看去，不但窗上有著石沿，而且還有可供攀援的水管，她點頭道：「那太容易了，倒是你，可得小心些！」

穆秀珍居然也叮嚀木蘭花要行事小心些了，可知她這一兩年來，長大了不少，木蘭花高興地笑了一下，弄開了天臺門上的鎖，向下走去。

當她走出天臺的門時，回頭看了一眼，只見穆秀珍正翻出了天臺的矮牆，身形向下沉去，她甚至還好整以暇地向木蘭花揮了揮手。

木蘭花知道，以穆秀珍的身手而論，去做這樣一件事，那是毫無疑問的，木蘭花下了樓梯，到了三十四號頂樓的門前。

那一層樓宇，看來和普通的人家，並沒有什麼分別，木蘭花先將耳朵貼在門上，仔細聽了片刻，卻聽不到有什麼聲音。梯間也十分靜，不見有人躲藏著。然後，木蘭花才伸手按鈴。

門鈴聲只響了一下，便聽得裡面有人問道：「誰啊？」

那聲音，正是電話中那人的聲音。

木蘭花已將一柄小型的手槍，握在掌心之中，那柄手槍十分精巧，可以握在掌心中，全然不被人家發覺。

木蘭花絕不是一個嗜殺之人，不到緊要關頭，她是最反對使用槍械的。

而這時，她握在手中的那柄精巧的小手槍，槍中的子彈，也是雲四風替她特製的，射中人之後，並不致命，而只是令對方麻醉。

嚴格來說，自槍中射出來的，其實並不是「子彈」，而是長同舊式的唱機針一樣大小的針。但當然那不是普通的針。

這種針的中間部分，是空心的，儲有強烈的麻醉劑，一和人體的血液相混和，三秒鐘之內，人就會喪失活動的能力。

正因為那種針的體積十分小，是以別看那柄槍小，其中卻藏有五十枚這樣的麻醉針，木蘭花將槍握在手中才道：「是我，是你打電話叫我來的。」

「你是……木蘭花小姐麼？」那人小心地問。

木蘭花又沉聲道：「是的。」

門內響起了一陣鐵鍊移動的聲音，接著，門被打了開來，在木蘭花面前的，是一個神色驚惶，身形壯碩的中年男子。

他見了木蘭花，如獲大赦地道：「太好了，你終於來了！」

木蘭花一閃身走了進去，那男子立時將門關上，道：「你來的時候，沒有人跟蹤你麼？他們已監視我很久了，可能會跟蹤你的！」

木蘭花早已打量了那屋子中的情形，門內是一個中等大小的客廳，陳設也很普通，木蘭花可以肯定，至少在客廳中，是沒有人埋伏著的。

她立時向前走出了幾步，背靠著牆，面對著兩扇關著的門站定。那樣，如果有人突然襲擊的話，那麼她就處在最有利的地位了。

她冷冷地道：「我想沒有人跟蹤我，因為我是由天臺上下來的。」

「那太好了！」那人直趨木蘭花面前，他的心情顯然十分緊張，因為他竟在不由自主地喘著氣，「木蘭花小姐，先帶我離開這裡。」

木蘭花道：「那太容易了，可是你能告訴我一些什麼嗎？」

「我可以告訴你一切，他下一次的計劃是——」

那中年人才講到這裡，他的身子突然向後退出了一步，由於他那一下動作是突如其來的，是以木蘭花的手指，已然按在槍掣上了。

可是，那中年人後退之後，卻沒有說什麼，只是在他的喉間，發出了一種十分奇異的聲音來，同時，他的左手也揚了起來。

木蘭花一呆，道：「你做什麼？」

那中年人仍然不出聲，可是他的左手繼續向上招著，看他的情形，像是想抬起左腕來，看看現在是幾點鐘一樣，但是他的雙眼，卻已可怕地凸了出來。

木蘭花一看到對方雙眼突出的那種情形，便猛地吃了一驚，道：「你……感到什麼不舒服？」她一面說，一面已一步向前跨出。

因為看那中年人的情形，他分明是中了劇毒！

但是，當木蘭花一步向前跨出之際，卻已然遲了！

那中年人的身子，陡地一個搖晃，已然向後倒了下去，他的身子，恰好倒在一張茶几之上，以致發出了一下巨大的聲響，茶几和他的身子一齊滾翻在地。

也就在那一剎間，只聽得又是「砰」地一聲響，一扇房門被人撞了開來，一個人以極矯捷的身手，向外跳了出來。

木蘭花一見有人跳了出來，立時身子一閃，閃到了一張沙發之後，躲了起來。

她只聽得那跳出來的人叫道：「別動！」

木蘭花一呆，定睛看去，自房間中跳出來的，不是別人，卻是穆秀珍！

木蘭花忙道：「秀珍，是我，你可曾發現什麼人？」

穆秀珍道：「沒有啊，我才爬進來，聽到外面有聲響，我以為你和人打起來了，是以才立時衝了出來，想幫你忙的。」

木蘭花連忙來到了那人的身邊，她翻開了那人的眼皮，那人的眼珠大而發呆，分明是已經死了，而這個人在她進來的時候，卻還是活的！

那人當然不是自殺的，那麼，他難道會是心臟病猝發而死的麼？自然也沒有這個可能，木蘭花將死者拖到了沙發之上，放了下來。

她轉頭道：「秀珍，你去找一找，看看還有什麼人。」

穆秀珍應聲轉過身去，木蘭花檢查著那人，她首先肯定，那人是中了劇毒而死的，但是，他好端端地在和自己講話，何以忽然會中毒了呢？

木蘭花略想了一想，便想起了那人臨死之前，抬起左腕來的那個奇怪的動作，她的注意力便集中在那人左腕的手錶之上。

她小心地將那隻手錶解了下來。

手錶一解下來，那人致死的原因，便已十分明白了，在錶殼的後面，有一枚兩分長的尖刺突了出來，刺進了那人的手腕。

這就是那人致命的原因。

木蘭花並沒有立時拆開那手錶來，因為她不必將它拆開，也可以知道，那手錶是現代科學的結晶，在那樣小的體積之內，一定包括著一具小型無線電竊聽器，和接受無線電控制的儀器，這一點，可能連那個中年人本身也不知道。

更可能的是，這手錶是藉由某種獎勵的理由相贈的，接受手錶的人，誰又知道，一戴上了這手錶，生命便已隨時在別人的掌握之中了呢？

木蘭花才一將手錶放入袋中，穆秀珍便已轉了出來，道：「沒有人，一個人也沒有，怎麼一回事？難道不是圈套麼？」

木蘭花嘆了一口氣，道：「看來不是圈套。」

她一面說，一面迅速地在那人的身上搜查了一遍，可是卻什麼也沒有找到，她再用五分鐘時間，搜查了兩間房間。

木蘭花本來是想找到一些和「血影掌」有關的資料的，但是她卻什麼也找不到，那人顯然沒有將發生的事記載下來的習慣。

木蘭花又將頭向街上看去，只見街上那幾輛可疑的車子，也已經不在了。她沉聲道：「秀珍，我們快離開這裡，再去通知警方。」

穆秀珍答應著，兩人剛一來到門前，電話鈴突然響了起來，這令得木蘭花和穆秀珍兩人盡皆呆了一呆，電話鈴不住地響著。

在這樣的情形下，即使連最尋常的電話聲，聽來也變得十分異樣和令人心悸，在電話響了十來下之後，木蘭花走過去，拿起了電話。

木蘭花才一拿起電話來，便聽得一陣「哈哈哈」的怪笑聲，接著，便是一個聲音道：「木蘭花，你仍然什麼也得不到，是不是？」

木蘭花哼了一聲。

「我不妨告訴你，我的手下，不論他是被擒了也好，或是他想去自首也好，總之只有一個死字，你是絕得不到我的任何線索的。」

木蘭花平靜地道：「那又有什麼關係？在市立藝術院的那件事中，我也不知道你是什麼人，但是那批名畫，還是未落到你的手中。」

「你別得意，木蘭花！」那人恨恨地說著：「你別得意，我告訴你，我現在在進行著一件更大的事情，是足夠叫你顏面無存的。」

木蘭花的聲音仍然十分平靜，雖然她知道，這個自稱為「血影掌」的人，在經過市立藝術院的失敗之後，他所要進行的事，一定是更駭人聽聞的。

她道：「我想你弄錯了，如果你擾亂社會的治安，丟臉的是你，與我有什麼相干？」

「或許你認為無關，但是高翔可不覺得那樣輕鬆了。」

「那是警方的事。」木蘭花冷冷地回答。

那人又神經質地笑了起來，道：「你失敗了，你承認不？你一點也無法知道我是什麼人，是什麼來歷，你還不承認失敗麼？」

木蘭花也笑了起來，但是木蘭花的笑聲卻極其自然，她道：「你高聲呼叫是沒有用的，難道你的心中，還不知道誰是真正失敗了麼？」

那聲音發狂似地叫道：「好，我們走著瞧！」

他在講完了那句話之後，便突然放下了電話。

木蘭花嘆了一聲，道：「秀珍，這個人，可以說是我們歷來所遇到的人中，最難對付的一個人了，我們非要千萬小心不可。」

她放下了電話，和穆秀珍一齊向外走去。

她們仍然由天臺而到了另一條街上，這才走下了樓梯，穆秀珍問道：「蘭花姐，我們現在可是就去找高翔麼？」

「不，」木蘭花搖了搖頭，說：「我們找雲四風去。」

穆秀珍訝異地望了木蘭花一眼，但是去見雲四風，卻是她十分樂意的事，是以她也沒有表示什麼異議。

2 老謀深算

在雲四風的工作室中，燈光集中在一張桌子上，雲四風就坐在那張桌子之前，他的臉上，套著一個修理鐘錶用的放大鏡。

他已將木蘭花帶來的那隻「手錶」拆了開來，正在仔細地檢查著，而他一聲不出，也已經有幾乎二十分鐘之久了。

好不容易，他抬起頭來，除下了放大鏡，發出了一下讚嘆的聲音，道：「蘭花，這是我曾經見過的東西中，最精巧的一件！」

木蘭花和穆秀珍就坐在這張桌子的對面，穆秀珍早已坐得有些不耐煩了，忙道：「精巧在什麼地方，你倒講來聽聽。」

「你們看，」雲四風揚起了那「手錶」，「從外表來看，這完全是一隻薄型的金錶，而它的確也是十分正確的一隻手錶，但是在那麼薄的錶殼之中，它卻還有無線電波接收儀，在三哩之內，接受了無線電波之後，就可以令那枚毒針凸出錶殼！」

木蘭花道：「我以為還有竊聽器在。」

「有的，但卻是在錶帶上。我還未曾看到過如此精妙的竊聽器，我想，即使我親自動手，以我屬下的工廠設備而言，也是製造不出的。」

「那麼，什麼地方，什麼樣的設備，才可以生產這樣精巧的東西？我相信這樣的東西，一定不止一隻，因而也一定是機器生產的。」

「這個——」雲四風考慮了一下，「我認為，只有少數的幾家製造宇宙船，或是人造衛星的大廠家，才能有這樣的出品，而且，還得有第一流的技術人員！」

木蘭花的身子向後仰了仰，她雙眉緊蹙著。

這隻「手錶」，是她唯一的線索，但是她聽得雲四風這樣講法，卻又十分失望，因為這一類大廠家雖然不多，但是這類廠家，對於客戶的姓名，當然是保守秘密，絕不肯隨便講給人聽的，那樣，線索不是又斷了？

她想了一會，才又道：「那麼，上面所有的零件上，難道一點也看不出是什麼地方製造的麼？一般廠家，總是有一點標誌留下來的。」

「唔，我再檢查一下。」雲四風又戴上了放大鏡。

他又仔細地檢查起來，五分鐘之後，他揚著錶殼，道：「有了，你看，這高級合金的錶殼上，有一個英文字W——」

他講到這裡，突然抬起頭來。

在燈光的照耀下，他的臉上，現出了十分異樣的神色來。

穆秀珍吃了一驚，道：「你怎麼了？」

雲四風還未曾出聲，木蘭花已然道：「秀珍，你不必大驚小怪，他只不過發現，那高級合金錶殼，就是他屬下工廠出的罷了！」

雲四風這時已高聲叫了起來，道：「豈有此理，這……竟是我屬下的工廠的出品，蘭花，你等一等，我立時可以查到來訂的是什麼人。」

他按下了通話機，接連發出了好幾個命令。

不到十分鐘，他桌上的電話便連續地響了起來，雲四風大聲吩咐道：「將一切有關的文件，全拿了來給我看！」

他放下電話道：「已經查明了，這批錶殼，一共有八十隻，是一個自稱為希臘遊客的人，以每隻一百美金的高價訂購的，那是半年前的事了。」

「那人有留下地址麼？」

「沒有，他是以現金全部先付清貨金的。」

「那麼他的名字？」

「他也沒有留下名字——只不過起貨的時候，照例是有一張簽收單的，他的簽名，一定會留在那張單子之上的。」雲四風說。

「那也好。」木蘭花感到事情已有了一線曙光了。

可是，等到二十分鐘之後，那張起貨簽收單交到了雲四風的工作檯之際，木蘭花心中的那一線曙光卻又熄滅，而變成一片黑暗了。

不錯，在那張單上，是有一個簽名。

而且，那個簽名一點也不難認，字跡十分清楚，正因為字跡太清楚了，是以一眼就可以看出，那是兩個英文字：You Foolish！

那兩個英文字的意思是：你們大傻瓜！

當然，那是這個人早已料到，這樣的錶殼，可能落在別人的手中，作為追查的線索之用，而會追查到製造的工廠中來，是以才簽下了這樣一個「名字」的。

而當時，工廠中的職員，自然不會去注意客人的名字是哪幾個字母拼成的，可知道那人實在是老謀深算到了極點！

木蘭花嘆了一聲，道：「我們仍是一點結果也沒有。」

雲四風道：「也不能算一點結果沒有，我可以根據這竊聽儀發出的電波，來試探接收這電波的方向，探測它的所在地的。」

木蘭花道：「理論上來說，自然可以這樣做，但實際上，如果這具竊聽儀零件再依樣裝配起來，那麼你的一舉一動，一切聲響，首先對方就知道了，只怕更給對方行事上的便利，而且太多的自然干擾，也難以尋出正確的地點來的。」

穆秀珍道：「那麼我們——」

「我們再想辦法，一個人，除非他不想做壞事，如果他又想做壞事，又想不為人知，那簡直是不可能的一件事，我們儘可以等待。」

「可是誰知道他們會做出什麼樣的事來？」

「那我自然也不知道了。」木蘭花站了起來，向雲四風告辭。

她們離開雲四風的辦公大廈，已是萬家燈火了，只見報童穿梭也似地來往奔跑，叫道：「號外，號外！本市機場，所有飛機神秘失竊，對外航線一切停頓，號外！號外！」

穆秀珍一伸手，抓住了一個八九歲的報童的衣領，「呸」地一聲，道：「小孩，你胡說什麼？飛機怎會被人偷走的？」

「你看，你自己看！」報童不服氣地掙扎著。

木蘭花已自報童的手上，取過了一張報紙來，果然，報上用極大的字印著：史無前例巨竊案，所有飛機俱被竊走！

還有較小的字，那是：「機場事先曾接到警告，行事者自稱神秘血影掌，此舉為專向本市警方挑戰，且看警方如何應付。」

內文更詳盡了，被竊駕而去的，有隸屬於七個不同的航空公司的大型噴射客機，一共九架，還有七架訓練機，以及五架軍用機。

損失多少，是難以估計的。至於事情發生的經過如何，號外上卻沒有說起。

木蘭花和穆秀珍兩人看完了號外，穆秀珍大聲道：「他媽的，這簡直不可能嘛，機場上那麼多人，怎可能發生這樣的事？」

「別說不可能，他已經做出來了！」

「找高翔去，哼，怎麼有這個可能！」

「我想，高翔一定也在找我們了。」木蘭花沉聲道：「而他一定在機場中，我們不妨直接到機場中去找他，還可以早些見面。」

穆秀珍早已攔住了一輛的士，叫道：「去機場。」

的士司機道：「小姐，所有的飛機全不見了，今天沒有飛機飛往外地了。」

木蘭花和穆秀珍兩人已上了車，穆秀珍道：「少廢話，去機場就是了，你怎麼知道我們一定是搭飛機去外埠的？」

那司機連聲道：「對不起，對不起。」

車子向機場疾駛，在離機場還有相當遠的路口，便有臨時的警崗在指揮交通，要所有的車子盡皆繞道行走。

的士停了下來，穆秀珍探頭出去，道：「我們要到機場去。」

「對不起，小姐，去機場的道路被封鎖了！」

「我是穆秀珍，我要見高翔。」

那警員瞪了瞪眼，他可能是新任的警員，道：「你可有特別通行證？方局長曾吩咐過，沒有特別通行證，誰也不准通過。」

穆秀珍想要發脾氣，但是木蘭花已拉了拉她，道：「那麼，我想和高主任通一個電話，你可以帶我到警崗去打一個電話麼？」

那警員猶豫了一下，道：「我想不能。」

木蘭花又道：「那麼，我想見一見方局長，或者，和他通一個電話。」

那警員還在猶豫，恰好一個警官走了過來，「啊」地一聲，道：「原來是木蘭花小姐，方局長正在找你哩，請來，請來！」

那警員讓了開去，木蘭花和穆秀珍兩人下了車，走出了幾步，上了一輛警車，直駛機場。

這時，天色已十分黑了，但是老遠就可以看到機場上一片通明。

但是，燈火通明的機場，卻給人以一種十分異樣的感覺，那就是在機場上幾乎看不到飛機，而機場的大堂中，也冷清得出奇，除了警員以外，見不到別的人。

木蘭花和穆秀珍兩人，跟著那警官，走進了大堂，一直來到了機場控制室主任的辦公室之外。還在辦公室外，就已經聽到了方局長宏亮的聲音。

方局長像是在打電話，他大聲道：「是的，我們必須要軍方的協助，必須要派所有的偵察機去搜尋失去的飛機下落！」

木蘭花推門進去，辦公室中的氣氛十分緊張。

方局長轉過身來，看到了木蘭花和穆秀珍，他嘆了一聲，道：「你們怎麼會來的？我打電話到你們家中，沒有人接聽。」

木蘭花一進辦公室，就看到高翔並不在。

她心中奇怪了一下，道：「我們是看到了報紙的號外，知道機場中出了事，是以才來的，事情是怎麼發生的？高翔呢？」

「別提高翔了，我到處找他，也找不到。」

「咦，他不在市立藝術院麼？」

「他是和你們一齊離去的，離去之後就不知何往了。」

「方局長！」木蘭花感到事態嚴重，「你不能怪高翔，可能他已遭到危險了，機場的事揀在今天下手，那是早經嚴密計劃好的。」

「為什麼？」方局長問。

「我先想知道，事情是怎麼發生的？」

「唉！」方局長嘆了一聲，「一個半小時之前，一架飛機突然在機場上空出現，聯絡處正待警告這架飛機，卻已收到了自這架飛機上傳下來的聲音，說是要劫走在機場中所有的飛機，作為對我們的挑戰。這幾乎是狂人的謊言，是以機場方面也未曾在意。」

「後來呢？」穆秀珍問。

「兩分鐘之後，那飛機繞著機場，做了一個低旋，拋下了大量的煙霧彈，令得機場中的所有人，都受了毒煙的影響，而喪失了行動的能力。」

木蘭花聽到這裡，發出了一下嘆息聲來。

這真是駭人聽聞的罪行！

方局長抹了抹額上的汗，續道：「然後，那架飛機升高，到大約五百呎的高度時，有數十人自飛機上跳傘下來。」

木蘭花道：「這些人，駕走了所有的飛機？」

方局長無可奈何地點了點頭，道：「是的。在那些人駛走了飛機之後的三十分鐘，喪失活動能力的人，便陸續清醒過來，應該說，他們陸續可以活動了，因為當時，他們只覺得身子發軟，仍然是可以清楚地看著所發生的一切情形的。」

「那麼，看到飛機是向哪一個方向飛出的？」

「是的，飛機向南飛去。」

「方局長，要收藏那麼多飛機而不被人發現，這幾乎是不可能的事，立即派飛機向南追下去，一定可以找回那些飛機來的。」木蘭花說。

「你來的時候，軍方已答應派出飛機去了，但是到現在為止，卻仍然未曾有消息，我們的人，每秒鐘都和軍方人員在聯絡著。」方局長回答。

木蘭花不說什麼，她慢慢地來到牆上所掛的一幅地圖之前，心中十分亂。那自稱「血影掌」的人，果然做了一件驚天動地的事。這件事，可以肯定地說，一定是明天全世界所有報紙的頭條新聞，而這也可以說是犯罪史上最驚人的事情了。

如果不是這樣的事已然確切地發生了，那實在是和人講，也不會有人相信的。這要一個什麼樣的組織，才能夠做得到！

至少，這個組織之中，要有三十名第一流的飛機師，還要其他許多專門人才，這一定是一個擁有許多成員的大組織！

想到這一點時，木蘭花的心中才感到有點安慰。

因為如果「血影掌」是一個獨行盜的話，那麼，憑著他的機智，警方可能永遠也掌握不到他的線索。但既然是一個組織，而且又是大規模的，那麼縱使控制得再嚴密，總是比較容易偵查的。

木蘭花的目光，在地圖上緩緩地移動著。離開本市之後，向西南去是大海，在兩百哩之內，絕沒有可供數十架飛機降落之所。

而再向前飛去，雖然有許多較大的島嶼，但是那些島嶼上，也絕沒有飛機場，而且就算有，那麼多飛機要降落而不為人知，那也是沒有可能的。

除非他將飛機群降落在敵對國家的國土上，作為一種「投誠」，但是想深一層，那也是沒有可能的，因為被駕走的飛機，隸屬於七個不同國家的航空公司，世界上又焉有一個和七個不同的國家全作對的地方？那麼，這些飛機到什麼地方才是最適合的呢？

木蘭花一想到這裡，望著地圖上藍色的海洋，她心中陡地一動，血影掌劫走飛機的目的，並不是要那些飛機，而是要本市警方面臨譴責！

那麼，他絕不會保留那些飛機的！

他根本不必找一個降落飛機的地方，大海就是他拋棄飛機的最好所在，飛機飛到了海洋上空，駕駛員可以作有準備的跳傘的！

想到這裡，木蘭花又不禁嘆了一聲！

如果那個自稱「血影掌」的人，真的將劫走的飛機全部棄入海中的話，那麼，要破獲這件案子，就加倍地困難了！

她緩緩地轉過身來，道：「方局長，我想，你應該再和海軍方面聯絡一下，請求海軍派出蛙人部隊，根據形勢來看，那一批飛機可能沉入海中了。」

方局長「哦」地一聲，道：「你說得有理，我去聯絡。」

「慢一慢，高翔仍然一點消息也沒有麼？」

「沒有，唉，他不知到哪裡去了。」方局長焦急地搓著手，他不但滿頭是汗，而且雙手的手心也全是汗，作為本市警政的負責人，遇到了那麼大的案件，而他最得力的助手卻又不在，他心中的焦慮，實在是可想而知的。

木蘭花沉聲道：「局長，我留秀珍在這裡幫忙，我去找一找高翔。」

「好，好，那太好了。」方局長連忙回答。

穆秀珍也摩拳擦掌，道：「你有什麼事要我做的？方局長，你只管說好了！」

「暫時也沒有什麼事。」方局長嘆著氣。

穆秀珍呆了呆道：「蘭花姐，方局長說——」

她一面講，一面抬起頭來，她本來是想說，方局長說沒有事情，我還是和你一起去找高翔吧。可是，當她抬起頭來之後，木蘭花卻已不見了！

她連忙推開辦公室的門，可是仍然看不到木蘭花，穆秀珍頓了一下足，懊惱地道：「又上當了！留我在這裡，有什麼事可做！」

這時候，木蘭花當然不可能走得太遠的，她只不過停在轉角處而已，穆秀珍埋怨的話，她當然也聽到了，但是她卻知道，粗心的穆秀珍，一開門看不到人，一定不會再到處去找的。果然，穆秀珍講了一句，便立時又退回了辦公室中。

木蘭花快步地走出了機場，她向一位相熟的警官，借了一輛摩托車，可是，當她騎上摩托車之際，她的心中不禁茫然了。

她要去找高翔，可是她該到什麼地方去找高翔呢？

高翔當然不在警局，也不會在家中，要不然方局長早已找到他了。木蘭花盡力回憶著她和高翔在市立藝術院分手時的情形。

她記得，高翔曾對她表示十分疲倦，希望回家去好好地睡一覺，那麼，就算他是發生了意外，發生意外的地點，也一定是在他家的附近了。

或者，他竟是疲倦得熟睡如泥，連電話聲也聽不到了麼？

當然，後一點是不可能的，然而在沒有辦法之中，木蘭花也不能不作最好的打算。她駛著摩托車，向高翔的住處疾駛而去。

高翔最近搬過一次家，他一直喜歡住大廈式的房子，如今他所住的大廈，可以說是全市大廈式房子中最高級的了，好幾幢高聳入雲的大廈，圍繞著一個花園。

木蘭花的摩托車駛進了花園的入口處，大廈的低層，全是停車場。

木蘭花一路前來時，已然密切地注意著附近的情形，但是以她的觀察力而言，卻是什麼也沒有發現。

她將摩托車停在兩輛汽車的中間，然後，走進了一個佈置得十分華麗的走廊，來到了電梯之前。

電梯門打開之後，木蘭花走進了電梯，按了最高的一個掣。

半分鐘後，木蘭花已然在不斷地按著門鈴了。

她按了七八下，她可以清楚地聽到鈴聲，但是並沒有人來應門。木蘭花是有門匙的，她取出了鑰匙，打開門，將門推了開來。

可是推開門之後，木蘭花只向內看了一眼，便不禁呆住了！

本來，那是陳設得十分華麗的一個客廳（高翔一直是十分注重生活享受的人），可是這時，木蘭花看到的，是一堆又一堆的廢物！

木蘭花自己的家中，也不止一次地遭受過嚴重的破壞，可是卻也沒有一次到達這樣嚴重的地步，木蘭花將那柄小槍握在手中，一步跨了進去。

她才將門關上，便突然聽到在她的前面，由地上發出了一陣怪笑聲來，木蘭花吃了一驚，連忙低頭向地上看去。

她看到在被割破了的地氈上，有一只小型的盒式錄音機，而在進門口處，有著一塊木板，木蘭花的腳，正踏在那塊木板之上。

當然，是由於那塊木板下面隱藏有電線，木蘭花踏了上去，使得電線連接，因之那錄音機也立時發出了聲音來了。

自錄音機中所傳出來的笑聲，木蘭花聽來，是十分之熟悉的，她雖然還未曾和這個人見過面，但是卻已聽過他的笑聲不知多少次了。

笑聲持續了不多久，便聽得「血影掌」的聲音傳了出來，道：「站著別動，那麼你就可以聽到我所講的全部話了，木蘭花小姐！」

木蘭花的身子只在才一聽到錄音機發出笑聲時，震動了一下，以後，她一直凝立著不動，她心中又暗嘆了一聲，那是因為對方竟然料得到，第一個進高翔的房子來找高翔的，一定是自己。

她在那一下嘆息聲中，是含有無可奈何的佩服之意的。

那聲音繼續從錄音機中傳了出來，道：「你的心中一定在問：高翔到哪裡去了，是不是？我當然可以回答你這個問題的，我們警方偉大的高主任，一從市立藝術院回到家中之後，就睡著了，他至少要睡十二個小時，才能醒過來。」

那聲音又哈哈一笑，續道：「是以，他未能看到我們在機場內的精彩表演，那是很遺憾的事。然而當他醒過來之後，他一定會明白他的處境的。當高主任明白了他的處境之後，我相信，他一定會和我合作的，到時候，我一定再將進一步的消息奉告，我的話講完了——哦，還有最後一點，我勸你不必費心機去找他，因為你絕找不到他，你連一點線索也沒有，不是麼？哈哈哈哈！」

在笑聲之中，那聲音靜了下來。

那是一種極其狂妄的，得意過分的笑聲。

這種笑聲，是任何人聽了，都會在心中興起怒意和敵意的。但是木蘭花心中的怒意再熾，卻也沒有辦法，因為她根本不是對著一個人，而是對著一具錄音機。

她倏地向前跨出了兩步，一腳待向那錄音機踢了下去。

可是也就在那一剎間，她突然想起了一件事，那錄音機對她可能極有用處！是以她縮回了腳，將那只錄音機自地上拾了起來。

她在高翔的家中逗留了一會，想看看高翔在被人弄昏迷之際，可有什麼線索留下來，但是她卻什麼也找不到，只是看到一片極度的凌亂。

她帶著那只錄音機，離開了那幢大廈。

3　一籌莫展

二十分鐘後，木蘭花在警局總部的一間小型會議室中，將那捲錄音帶放了又放，而和她在一起的，一共有六個人。

那六個人中，只有一個是警官，還有三名，雖然也是警方人員，卻是法醫。另外兩名，則是畫家，也是警方人員。

「啪」地一聲，在木蘭花將那捲錄音帶作第四遍的播放，而關上了錄音機之後，一位醫官站了起來道：「蘭花小姐，我有幾句話，必須先說一說。」

木蘭花忙道：「你只管說。」

「這種法子，是加拿大騎警發明的，一個人的聲音，是由於他頭骨、顎骨、口腔的構造形狀來決定的，相似的人，聲音也往往相類，就是這個緣故。所以，有經驗的人，可以根據聲音的特點，來描繪出這個人頭骨的形狀來，而根據頭骨構造的形狀的特點，也可以想像出這個人的臉容來。蘭花小姐，你要我們做的，就是這件事是不是？」

「是的。」木蘭花點著頭。

「我曾在加拿大騎警隊中服務過，依我的經驗，」那醫官續道：「根據一個人的聲音所繪出的人，只是近似，而不是完全相同的。」

「我知道這一點。」

「所以，不論在什麼案件上，這種照聲音而繪出的人像，只是作為破案的參考之用，而由於這是一門最新的破案法，法庭上，也不將之作為可靠證據的。」

木蘭花道：「我全明白，因為對這個人，這捲錄音帶是唯一的線索，是以我們不得不從這一點著手，當然，我知道設想出來的人像，不可能十足相似的。」

那位醫官點著頭，道：「好，那麼我們就開始，蘭花小姐，請你再將那捲錄音帶放一遍。」

木蘭花伸手按下了掣，那笑聲又傳了出來。

在笑聲中，一位醫官道：「他的笑聲尖而高亢，這人的顎骨一定尖削，呈長形。」

醫官講著，那名畫家便立即用鉛筆在紙上畫了起來。

另一名醫官道：「可以說，他整個頭部的骨骼構造，都是傾向長形的，他的眼窩可能很深——這人不像是白種人。」

那位最先對木蘭花解釋這種辦法的醫官道：「我們甚至有理由相信他是日本

人，他的頸子十分細，他的健康程度不會很好，當然他很瘦。」

那捲錄音帶不斷地放著，又被播放了十多次。每一次播放，三位醫官都有新的意見，而兩位畫家則不斷地根據醫官所講的，在畫紙上修改、增添著他們的畫稿。

終於，在半小時後，兩位畫家都完成了畫稿。

當他們作畫的時候，是自顧自地在作畫的，但是當他們畫好了之後，將兩張畫稿放在一起看，畫中的兩個人，卻極其相似。

那是一個瘦削、長臉、雙眼深陷，看來像是一個病夫一樣的人。那位醫官在看了一眼之後，就將畫像送到了木蘭花的面前。

木蘭花蹙著雙眉，這樣的一個人，她是不是曾經見過呢？可以說沒有。木蘭花對自己的記憶力十分有信心，她沒有見過這樣的一個人。

而且，這個人也不像穆秀珍曾經見過的，那個她認為是「首領」的那個人，因為穆秀珍曾經對她十分詳盡地形容過那個人。

這個瘦削的病夫，就是「血影掌」麼？

這樣一個看來瘦削孱弱的人，竟能做出那麼驚人的事情來？木蘭花呆了好一會，才道：「看來，他不像是一個犯罪者。」

「這是很難說的，」那醫官回答，「一則，這張畫像不一定準確，可能近似的程度只有三四成，但是他口部的形狀，卻有八成的可靠性。二則，他用現代化的方法去犯罪，根本不用他自己去動手，他只要有精密的頭腦就可以了。」

「謝謝你們。」木蘭花收起了那兩張畫像，其實，在她剛才的凝視之中，她若是遇到一個人，是和這畫上的人相似的，那麼她是絕不會認不出的。

木蘭花走出了警局。

當她在警局門口略一凝立之際，她的心中又起了一種茫然之感。而這一種感覺，可以說是在任何一次冒險經歷中都不曾有過的。

以往的許多次事件中，不論事情是如何神秘，是如何的驚險，她總有一點頭緒可循，而循著這點頭緒抽絲剝繭下去，也就可以有真相大白之一日的。

可是如今，事情卻恰恰相反。

事情的本身，已十分明白了，有一個自稱是「血影掌」的人，指揮著一個龐大的、組織極其嚴密的犯罪組織，在進行著駭人聽聞的活動。

可是對於這個人，這個組織，木蘭花卻一無所知！

雖然木蘭花曾不止一次地俘獲過這個組織中的人，而這個組織中的人，也有向木蘭花表示願意脫離這個組織的，可是，這些人，卻全變成了死人！

而死人是不能吐露任何秘密的，所以，「血影掌」仍然是那樣地神秘，而在事情嚴重得連高翔也落到了他們的手中時，木蘭花仍然一籌莫展！

雖然，木蘭花已有了那兩張由聲音而判斷得來的畫像，但是事實上，木蘭花對那兩張畫像，是不抱著任何的希望的。

因為即使那畫像和真人一樣，現代的化裝術和易容術，也可以使瘦子變成胖子，使一個人變得面目全非，連他最親近的人也認不出來。

木蘭花在警局的門口，木然地站著，甚至連幾名警員向她行禮，她也忘了向他們打招呼，這種失態，在木蘭花的身上是很少發生的。

由此可知，木蘭花是真的陷入困境了！

她呆立了好一會，才慢慢地向那輛借來的摩托車走去，她的心中仍然在想，為什麼對方向高翔下手，而不向她下手呢？

她倒寧願對方向她下手的，因為那樣的話，她至少可以在對方的總部之中，和那個「血影掌」見面，可以對對方有多少了解！

她跨上了摩托車，到了機場，機場已然局部地開放，航空公司從他地調來的飛機，也已開始在跑道上降落。木蘭花找到了方局長。

方局長一見到她，便苦笑道：「高翔已然落在匪黨手中了麼？唉，蘭花，你料中了，有一艘漁船，看到有好幾架飛機落入海中。」

「秀珍呢？」

「秀珍已和蛙人部隊一起出發了。」

「那也好。」木蘭花喃喃地說著。

方局長卻有些不明白，道：「蘭花，你這樣說是什麼意思？」

「我的意思是，我們幾個人，目前的處境十分危險，那匪徒是針對著我們而生事的，秀珍和蛙人部隊在一起，總是比較安全些的。」

方局長也不禁苦笑了起來，道：「那樣說來，這件事，我們竟一點辦法也沒有了麼？」

「到目前為止，可以這樣說，但我們還可以努力——那艘漁船中的目擊者的詳細報告如何？」木蘭花轉了話題，問著方局長。

「沒有什麼詳細報告，只不過在很遠的距離，看到有飛機墜海，他們甚至於沒有看到有人跳傘，因為距離實在太遠了。」

木蘭花在沙發上坐了下來，用手撐著頭，現出了極其疲憊的神色來。方局長從來也沒有看到過木蘭花這樣無精打采過，他苦笑著，也覺得無話可說。

木蘭花坐了好一會，才站了起來，道：「我要回去了，我要回家去，對方一定要令得我們一敗塗地，他們一定再會來找我——」

「我派人去保護你！」

「不要，我們如今是在一團漆黑之中，敵人的動向，我們完全不知道，我們只有一個辦法，來引敵人現身，那也是最笨拙的辦法，就是引敵人來害我們！」木蘭花一面說，一面向門外走去，「所以，我不能要任何保護，要使敵人容易下手！」

方局長張大了口，可是好半晌，他才講出了一句話來，道：「小心，蘭花，你千萬要小心。」他的聲音，甚至有點哽咽。

木蘭花低聲答應著，離開機場，回到了家中。

這時，已然是深夜了。

她仍然是乘搭那輛借來的摩托車回家去的，車子停在鐵門前，她身子一側，剛從摩托車上跨下來，突然間，四面八方都有強烈的光芒，向她的身上集中照射了過來，令得她在那剎間，變得什麼也看不到！

木蘭花陡地一呆，本來，以她的身手而論，是足可以立時向外滾了開去的，就算她什麼也看不見，她對於自己住所之前的一切地形，也是十分熟悉的，找一個地方躲起來，再來對付敵人，是輕而易舉的事情，但是，她卻只是轉了轉念，身子並不動。

她明知自己就算睜大了眼睛，也是什麼都看不到的，反倒使眼睛在強光之下受損，是以她閉上了眼睛，沉聲道：「你們是什麼人？」

她的問題，沒有得到回答，卻聽得約在三碼之外，有人冷冷地道：「木蘭花，現在，有十二柄手提機槍對準了你！」

木蘭花冷冷地道：「我想你大概不致於虛言恫嚇的！」

那人又道：「你知道這一點就最好了，現在，你必須聽從我的命令，這是目前你想要活下去，所能做的唯一的事！」

木蘭花的心中在急速地轉著念，這個「血影掌」，一定很喜歡使用強光照射人，使人家處在強光之中，而他自己則隱在黑暗中，穆秀珍曾被在卡車中用強力手電筒照射過，如今，輪到了她！

木蘭花十分鎮定地道：「你們要我做什麼？」

「向前走！」那人命令著。

木蘭花慢慢地向前走著，強光仍然集中在她的身上，以致她好幾次將眼睛睜開一道縫，想看看眼前的情形，卻什麼也看不到。

她走出了十一步，那人又喝道：「小心，現在你將從一塊斜板上，走進一輛卡車的車廂中去！」

木蘭花伸足踏著，果然，她踏到一塊跳板。木蘭花心中暗忖，「血影掌」果然要進一步地侵犯自己了，他命人來俘擄自己了。可是，他知不知道，這正是自己等待著的事情呢？

木蘭花在跳板上走了幾步，便踏上了卡車的車廂。

她一上了車廂，「砰」地一聲響，傳來了一下門關上的聲音，接著，她的眼前，便由極度的光亮，變成了一片漆黑！

木蘭花可以感到，卡車已在疾駛而出了。

這時候，木蘭花的心中，自然是十分緊張的，但是她卻多少也有一點興奮。因為這時她雖然落入了敵人的手中，可是卻也因此可以接近敵人了！

能夠接近敵人，總比一點線索也沒有來得好些！

她在車子疾駛中，站了起來，取出了一支小電筒，四面照射著，她發覺那是一個密封的車廂，幾乎連一點空隙也沒有。

她來到了門前，門緊緊地關著，是由外面加鎖的，在裡面想要打開，不是易事，那車廂中除了她一個人外，什麼別的東西也沒有。

木蘭花檢查了兩分鐘左右，熄了小電筒，又坐了下來。可是，她才一坐下，便覺出車子一震，身子已在疾駛中停了下來。

木蘭花的心中一凜，暗忖車子一定是駛到目的地了！

那麼自己一定可以和那個「血影掌」見面了！

車子停了不久，又緩緩地駛動起來，木蘭花雖然在車廂之中，也可以覺出，車子是在緩緩地後退。木蘭花心中在想：那大概是車子在駛進閘門吧，那麼，這個「血影掌」所在的總部，一定是一幢十分大的建築物了？

可是，木蘭花對這個想法，卻也多少有點懷疑。

她被困在車廂中之後，外面的一切，自然什麼也看不到，但是車子並未曾轉過彎，她是可以肯定的，而且，她上車到現在，大約是三十分鐘，她也可以估計出車速是每小時七十哩，那麼，現在車子所在的地方，是離她住處向西北二十餘哩處。

木蘭花知道，那邊一帶，是十分荒涼的峭壁，下臨著大海，這裡是並沒有什麼建築物的，至多只有零星的幾間石屋而已。

那麼，難道是自己記錯了方向？

木蘭花心中正在思索著，突然，她聽到了一陣「軋軋」的聲響，接著，整個卡車廂便傾斜了起來，木蘭花的身子也陡地滑了下來。

木蘭花大吃了一驚，心知有不尋常的變故要發生了，她大叫了起來，道：「你們想做什麼？快放我出來，我要見你們的首領！」

木蘭花不敢肯定自己的叫聲，是不是能被外面的人聽到，因為她被囚的車廂是密封的，然而她的叫嚷，顯然沒有發生作用。

因為，車廂仍在繼續傾斜！

木蘭花再度按亮了小電筒，她發覺車廂已然傾到了四十五度，正當她開始設法，想去弄開那扇門時，整個車廂猛地震了一震。

緊接著下來所發生的一切，實在是驚心動魄之極的，車廂在陡地一震之後，發出了一下巨響，也不知是撞在什麼東西之上。

那一撞，令得木蘭花的身子被彈得直跳了起來，撞在車廂壁上。木蘭花心知不妙，她連忙將身子蜷縮成一團，抱住了頭。

震耳欲聾的撞擊聲，不斷地傳入耳中，劇烈的震動，令得木蘭花的身子，在車廂之中，像一個皮球也似地被拋來拋去！

木蘭花幾乎是立即就明白那是怎麼一回事了，那用來囚禁她的卡車廂，已和卡車脫離了，而車廂這時正沿著峭壁滾下去！而她，則在車廂的裡面！

在那樣的情形下，木蘭花實在不能多去想什麼，她目前所能做的，只是如何使自己不在劇烈的拋擲中受到傷害！

那可怕的時間持續得並不太久，大約只有一分鐘左右，接著，便是「砰」地一聲響，車廂靜了下來，平靜得出奇。

但是車廂卻也不是一動不動的，而是作輕度的搖擺。木蘭花在足足五分鐘之後，才定過神來，喘著氣，她站了起來，勉強走動了兩步。

她明白自己是在什麼地方了——她當然仍在車廂中，但這時，車廂卻已跌到了海中，由於車廂是密封的，是以海水並沒有浸入。

可是，她卻不能夠弄破那扇門，一弄開那扇門，海水浸入，車廂就會沉下去，她就會一無所恃地浮在大海之上了！

但如果不弄開車廂的門呢？

這時，在公路旁邊，四五個人正站在一輛車廂已經落下，只剩下車架的卡車之旁，向下看去，在星月微光之下，他們都看到下面的海面上，有一只大鐵箱，跟著退潮的海水，在慢慢地向外流了開去。

這四五個人中，有一個人，發出了異常刺耳的笑聲來。

穆秀珍直到第二天的中午才回來，當她回到家中之後，已是筋疲力盡了，因為她幾乎不停地和蛙人在一起工作了十八個小時之久。

她進了屋子，身子向沙發上一靠，便叫道：「蘭花姐，飛機幾乎已全撈起來了，他媽的，這傢伙只是存心和我們挑戰。」

她自己講了好一會，才發現屋中空洞洞地，並沒有人在回答自己。她疲倦得實在不願意再站起來，是以她只是垂直了身子大聲叫道：「蘭花姐！」

然而，當她的叫聲靜下來之後，仍是什麼聲音也沒有！這時，卻不容穆秀珍不站起來了，她先向電話下看了看。因為她若是不在，而木蘭花又有事外出的話，只要時間許可，她是一定會留一張條子壓在電話之下的。可是這時，卻什麼也沒有。

她又來到了餐桌之前，拿起了放在餐桌上的那隻花瓶，在花瓶的底部一個掣上，按了一下，立時便有錄音帶轉動的聲音傳了出來。

那是一具隱藏的自動錄音機，它是由聲波來控制錄音工作的，也就是說，當你需要錄音的時候，只要對著它大叫一聲，就可以進行錄音了。

木蘭花沒有時間留條子，當然應該有機會講幾句話的，那麼穆秀珍也可以知道，木蘭花究竟是到什麼地方去的了。

當穆秀珍按下那個掣之際，她的心中，已然十分緊張，因為她知道，一定有些什麼極不尋常的事情發生了。

在錄音帶轉了幾秒鐘之後，突然一陣異樣的笑聲，自「花瓶」中傳了出來，一聽那陣笑聲，穆秀珍便不禁陡地呆了一呆。

她雖然未曾直接和那個「血影掌」通過話，但是她卻也聽到過自電話中傳出來的那人的笑聲，是以她一聽就可以認得出來。

她不由自主向後退了一步，只聽得笑聲陡地停止，接下來，便是一個聽來近乎冷酷的聲音，道：「秀珍小姐，你回家了麼？」

穆秀珍一時之間，也忘記了那聲音只是從錄音機中發出來的，竟大聲回答道：「回來了又怎樣？」

錄音機中的聲音繼續著，道：「你一定發現木蘭花已經不在了，是不是？我勸你不必去找她，絕無必要，因為你找不到她的。」

聲音講到這裡，略停了一停。

穆秀珍雙手緊緊地握著拳，咬牙切齒地望著「花瓶」。

不到兩秒鐘，那聲音又道：「但是，如果你想知道她是怎樣失蹤的，以及她究竟去了何處，那我可以滿足你這個願望，因為我們將經過情形，拍成了精彩絕倫的記錄片，請你到運河街三十七號六樓的立華試片間去，那裡的人一定會放給你看的，而且，看了之後，你還可以將那一卷影片帶走，作為我送給你的小小的禮物！」

穆秀珍耐著性子聽著，她怒火上衝，猛地抓起了那「花瓶」來，用力砸向地上，連花瓶帶錄音機，一齊砸了個粉碎。

等到將「花瓶」砸碎之後，她氣也出了，可是也想到，自己的行動，不但不能損及敵人分毫，反倒將自己的東西破壞了。

她苦笑了一下，抓了抓頭，便向門外衝去。

可是她衝到了門外，卻又停了一停，又奔回到電話旁，打了一個電話給雲四風，可是雲四風卻偏偏因為公務而出去了。

穆秀珍氣憤地放下電話，奔出了大門，駛著借來的一輛軍用小吉普，風掣電馳地向市區駛去，闖過了好幾處紅燈，來到了運河街的街口。

她將車子停在三十七號的門前，那是一幢其中有著許多小型、中型工廠的龐大建築物，穆秀珍心急，從樓梯直奔上了六樓。

在六樓，她找到了那家「立華試片間」，一推門，走了進去，只見幾個人正在大聲爭論，穆秀珍認得出其中有一個是十分紅的電影小生。

穆秀珍本來以為這試片間就是匪巢，是以衝進來的時候，如臨大敵，但當她一看到那電影小生之後，她不禁一呆，道：「咦！這裡真是試片間麼？」

那幾個在爭論的人，都停止了講話向她望來。

電影小生獻殷勤地道：「這裡若不是試片間，小姐以為是什麼地方呢？」

穆秀珍一瞪眼，道：「我以為是賊巢！」

小生呆了一呆，也不知道穆秀珍這樣講，是什麼意思，這時，一個肥胖的中年人迎了出來，道：「小姐，有什麼指教。」

「我姓穆，叫穆秀珍。」秀珍指著自己的鼻尖說。

「哦，是，是，原來是穆小姐，你是來看那段影片來的，是不是？那位先生已吩咐過了，你一來，就立即放給你看。」

「慢一慢，」穆秀珍擺了擺手，「那個送影片來的，是什麼樣人，你可得詳詳細細地講給我聽，這件事，關係十分重大！」

電影小生又湊了過來，道：「原來這位是大名鼎鼎的女黑俠穆秀珍，可是女俠也有興趣自費拍片麼？如果是的話，女黑俠故事中，雲四風這個角色，我倒很有興趣。」

穆秀珍「呸」地一聲，道：「我若是開電影公司，像你這樣的人，送給我也不要！」

小生碰了一個釘子，訕訕地退了開去。

試片間老闆皺著雙眉，道：「這個人麼……大約二十來歲，樣子也很普通，我實在說不出他有什麼特徵來，他……是了，他左邊的眉毛，似乎被一道疤痕穿過，斷成了兩截，看來有點凶相。」

穆秀珍點了點頭，這是一個很大的線索，她又問：「那人是一個人來的麼？除了將影片交下之外，他可還說了些什麼？」

「沒有，他是一個人來的，一切費用他也全付了。」

穆秀珍道：「好，那麼請你將這段影片放給我看。」

老闆忙道：「請。」

穆秀珍推開試片間的門，在一張椅子上坐了下來，不一會，燈光黑了，銀幕上開始看到一條公路，那條公路，穆秀珍是再熟悉也沒有的了，那就是由市區通到她家中的那條路。這時，路上靜蕩蕩地，但不多久，便看到了一輛摩托車疾駛而來。

等到那輛摩托車駛得漸漸近了時，穆秀珍已可以看出，在車上的，正是木蘭花。她坐直了身子，不禁大是緊張起來。

她才一坐直身子，便看到銀幕上，陡地亮了起來。

好幾股強光一起對著木蘭花亮了起來，接著，便是木蘭花被迫走向卡車的車廂，以及她進了車廂之後，卡車向前疾駛而出。

接著，鏡頭一轉，只看到卡車已停在一個懸崖之旁，卡車的車廂正在漸漸自動傾斜，那輛卡車的車廂，在傾斜到一定程度之後，已然離開了車架，向下跌去。

車廂在岩石上撞著，滾著，看得穆秀珍緊緊地握住了雙手，手心中已在冒汗，木蘭花在這車廂之中，能保持無恙麼？

突然，車廂從三四丈高的一塊大石上落了下去，落到了海中，濺起了許多股水柱，再接著，車廂浮在水面上，向外慢慢流了出去。

拍攝這一段記錄片的人，顯然是個中高手，因為每一個片段，都拍得驚心動魄，令穆秀珍看得氣也喘不過來，一直緊握著雙手。

等到那車廂漸漸飄了開去之後，那段影片也放完了，試片間的燈光重現光明，穆秀珍呆若木雞地站著，可是她卻聽得身後有人鼓掌道：「好，拍得真好，穆小姐，將來推出，一定會打破賣座紀錄的。」

穆秀珍陡地轉過頭去，只見講話的正是那油頭粉面的小生，穆秀珍突然一翻身，跳過了椅子，一伸手，便抓住了小生胸前的衣服。

她手臂一振，將坐在椅中的小生直提了起來，怒道：「你是什麼意思？你這樣幸災樂禍，你可是以為我不敢打你麼？」

小生嚇得臉都黃了，雙手連搖，道：「穆小姐，不，請放手，我……講的是實話，電影的確拍得很精彩，我也沒有得罪你啊！」

穆秀珍實是又好氣又好笑，她知道對方並不明白剛才放映的那一段影片是真正發生的事，他還當作那是在做戲，她一鬆手，又將小生推得跌倒在沙發上，她轉過身，道：「老闆，這一段影片，你立即親自送到警察總局去，我在那裡等你。」

老闆呆了一呆，可是還未等他發問，穆秀珍早已一陣風似地衝了出去。木蘭花現在可能還在海上飄流，自己早一分鐘行動，木蘭花獲救的機會也就多一分！

她衝出了那幢建築物，又駛著吉普車，橫衝直撞，來到了警察總局，她直奔到方局長的辦公室前，叫道：「方局長，方局長！」

這時，方局長的辦公室中，正擠滿了人。

在他的大辦公桌之前，幾個人正在大聲叫嚷著，方局長則抱住了頭，像是不願意聽那些人的話，但是卻又無可奈何。

那幾個人可能全是本市航空公司的負責人，和保險公司的負責人。因為這次的竊案，性質特殊，損失重大，是以他們都在責備警方。

除了這幾人之外，還有好幾位頗負聲名的記者，以及警方人員。穆秀珍一面叫，一面也不敲門，便一推門走了進去。

她一看到方局長的辦公室中那麼亂，秀眉微蹙，大叫道：「出去，出去，統統出去！」

一個中年人轉過身來，道：「你是什麼人？」

穆秀珍也不回答他，雙手一伸，拉住了那人的衣襟，道：「我說出去，你聽到了沒有？你是聾子？還是想不聽我的話？」

她將那人的身子轉了一轉，又猛力一推。

那人怎禁得起她大力的一推，身子立時站立不穩，向外騰騰地跌了出去，一直跌出了門口，才坐倒在地。

穆秀珍大喝道：「不是警方人員，統統出去！」

那人跌在門外，好不容易站了起來，穆秀珍再氣勢洶洶地一喝，其餘人都不由自主一齊向外退了出去，走得慢些的，還被穆秀珍用力推著，等到將所有的人全推了出去，穆秀珍才「砰」地一聲響，將門關上。

方局長直到此際，才抬起頭來，向穆秀珍苦笑了一下，道：「秀珍，多謝你了，多謝你將這些人一起趕了出去，唉！」

穆秀珍俯下身去，道：「方局長，蘭花姐被人裝在一個大鐵箱之中，從懸崖上推下海去了，我們怎麼辦……我們怎麼辦？」

穆秀珍一連說了兩聲「我們怎麼辦」，心亂如麻，忍不住眼淚撲簌簌直落了下來。她早在看那段影片的時候就想哭了，但是她一直勉力忍著，直到此時，她看到了方局長，像是看到了親人一樣，眼淚實在忍不住了，才流出淚來。

方局長一聽，也大吃了一驚，他霍地站了起來，道：「什麼？你……你是怎麼知道的？」

「我看到了影片。」

「影片？」方局長大惑不解，「什麼影片？」

「是血影掌拍的，他……他將蘭花姐逼上了貨車箱，又將整個車廂，自懸崖上推了下去，跌進了海中，蘭花姐……她……」

穆秀珍越講越是傷心，更是抽泣得講不出話來。

她哭了片刻，才又道：「這……賊又將經過拍成了記錄片，送到一間試片間去，我才從那間試片間出來，方局長，我們怎麼辦？」

方局長呆立了半晌，又頹然地坐在椅上。

他是一個經驗極其老到的警務人員，可是，一個經驗再老到的警務人員，也是難以忍受這接二連三而來的打擊的。

機場的劫案是如此驚人，全市轟動，他最得力的助手高翔，卻又偏偏下落不明，只怕也是凶多吉少，這已令得他憂慮不止的了。可是如今又傳來了木蘭花也遭了不幸的消息！

方局長坐在椅上，心中亂成了一片，穆秀珍道：「局長，快派飛機去找她，去找那卡車廂，派搜索機，派水上搜索艇去！」

方局長定了定神，道：「好，我立即著手去聯絡——」

他才講到這裡，對講機上的紅燈亮了起來，方局長按下了一個掣，對講機中傳出了秘書的聲音道：「方局長，一位雲先生，要見穆小姐。」

穆秀珍一聽，立時尖聲叫了起來：「四風！」

方局長也說道：「快請他進來。」

雲四風可以說是撞開門進來的，那是他來得實在心急之故。穆秀珍一看到了他，便向他撲了過去，叫道：「四風！四風！」

她一面叫，一面哭著。雲四風輕輕地拍著她，道：「鎮定些，鎮定，秀珍，不論發生了什麼事，你一直都是不在乎的，不是麼？」

穆秀珍叫道：「可是……可是這一次……蘭花姐……」

雲四風忙道：「蘭花姐怎麼了？」

穆秀珍還未回答，一個警官捧著一盒影片，來到了門口，道：「穆小姐，一個人送這盒影片來，他說是你吩咐他親自送來的。」

穆秀珍吸了一口氣，止住了哭聲，抹了抹眼淚，道：「請他到檔案室去，將所有的罪犯照片，給他辨認，直到他認出那送影片去的人為止。」

「好的。」那警官應了一聲，退了開去。

穆秀珍看來，已漸漸地恢復了鎮定。

那是她知道，即使木蘭花出了事，她惶急也是沒有用的，木蘭花和高翔都不在，事情就只好靠她和雲四風兩個人了。

在這樣的情形下，她如何可以只是哭泣？

她挺了挺胸，抬起頭來，道：「四風，局長，我們不妨先到放映室中去看看這段影片，局長，你吩咐人加緊進行搜索工具的聯絡。」

方局長道：「我已經吩咐下去了。」

他們三人，和幾個高級警官一起向試映間走去。

當影片放完之後，雲四風忙道：「我們還必須請教海洋學家的意見，看看海流的方向。」

方局長道：「這統歸我負責，我一得了海洋學家的意見，立即轉告你們，現在，已有六艘搜索快艇，和四架搜索機可以應命了。」

穆秀珍道：「我還要一架高性能的直升機。」

方局長道：「那簡單，我們自己有。」

他們一齊走出了試映間，穆秀珍和雲四風兩人逕自登上了車，駛向警方直升機的停泊處，五分鐘之後，直升機已升空了。

4 三俠就擒

直升機由雲四風駕駛著，橫過了市區，掠過了木蘭花的住所，順著公路，向前飛著，當他們飛到那段懸崖之前的時候，看到四架雙引擎搜索機，已貼海在飛翔了。而六艘搜索艇，則在平靜的海面上，作箭形向前行駛著，海面上，有幾艘漁船，看來十分之平靜，直升機也很快地飛到了海面上。

雲四風將直升機飛得十分低，離海面至多只有二十呎，海面上的情形，可以看得清清楚楚，他們盤旋著向外飛，越飛越遠。

半小時後，他們接到了方局長的無線電話。

方局長的聲音，聽來十分沮喪，他首先問道：「沒有發現，是不是？」

「是的，海流的情形怎樣？」

「唉，」方局長嘆了一聲，「幾個專家異口同聲地說，那裡附近，有一段急流，每小時的流速達到十一哩，是直向南去的。」

「那也不要緊，我們可以追上去。」

「可是，在那股暗流流出了七十哩之後，都必然要經過一堆礁石，漁民叫這一堆礁石為尖刀礁，礁石尖銳無比，蘭花如果——」

穆秀珍呆了一呆，道：「她在車廂之中，或者不要緊吧，我們快飛到那堆礁石附近去看看，局長，你通知搜索隊也趕到那裡去！」

方局長又嘆了一聲，道：「你們小心些。」

雲四風早已根據地圖，找出了尖刀礁的所在，直升機升高，向前迅速飛了出去。七十海哩，並不是一個短的距離，飛了好幾小時，直升機才看到了那堆礁石。那四架搜索機已經先到了，只見它們在那堆礁石上來回盤旋著，那堆礁石範圍相當大，由千百塊凸出海面的黑色岩石組成。

大約是由於海水沖刷和風吹的緣故，岩石都是巍然而立的薄片，像是一柄一柄的刀一樣，形勢十分險惡，在礁石的四周圍，浪花沖天，水流湍急。

穆秀珍將眼湊在望遠鏡之後，向前張望著，突然，她聽到了搜索機的無線電呼叫，道：「七號直升機注意，請留意礁石左側的大鐵箱。」

穆秀珍連忙將望遠鏡的鏡頭緩緩轉動，轉向左面，直升機也漸漸飛近，她終於看到了那卡車廂，卡車廂的一半浸在海水中，還有一半，則夾在兩塊巨石之間。

穆秀珍興奮得喘著氣道：「我看到那車廂了，蘭花姐就在車廂中，我們快降落。」

這架直升機是有著水上降落設備的。可是，在尖刀礁附近，白浪滔天，水勢迴旋，直升機硬要降落的話，一定會被浪頭捲翻的。

雲四風將直升機的高度降低，直到浪花可以濺到機身的程度，然後，他才道：「秀珍，直升機無法在水面降落，我看搜索船就算來到這裡，也必然無法駛近此處的，你來駕駛，我吊下去。」

穆秀珍道：「我吊下去好了，為什麼要你？」

「秀珍，」雲四風誠懇地道：「你……不覺得太疲倦麼？要在礁石上存身，是十分危險的事情，而且還要攜帶沉重的工具！」

穆秀珍嘆了一聲，道：「好的，你帶什麼工具下去？」

「當然是紅外線切割機，來，你先來駕駛。」

他的身子側了一側，讓穆秀珍坐上了駕駛位，然後，他提起了一具儀器，那儀器的樣子，有點像一具手提電視機，但卻有一根長管子。

他將電線接在直升機的發電機上，又在腰上纏上了繩子，打開艙下的滑板，人已緩緩地向下吊了下去。

這時，直升機離海面只有十來呎，是以不消多久，雲四風的雙足已踏在滑膩的岩石上了。在岩石上，有許多被浪頭捲上來的海藻和水母。

雲四風落足之後，恰好在卡車廂的旁邊，雲四風伸手在卡車廂上猛烈地敲著，一面大聲叫道：「蘭花，蘭花，你聽得到我的聲音麼？」

車廂之中，一點聲音也沒有。

雲四風在岩石上，走前了幾步，他看到，車門的一端是浸在海水中的，除了將車廂切割開來之外，是沒有別的辦法的。

他站穩了身子，提起了紅外線切割儀來，按下了電掣，將儀器貼在車廂外面，慢慢地移動著，儀器發出「滋滋」的聲音，無數火花迸射了出來。

大約過了半小時，已被切開了一平方呎大小的一個洞，雲四風又叫道：「蘭花！蘭花！」他一面叫，一面探頭向內望去。

可是，他一望之下，不禁呆住了。

卡車廂內是空的！

如果只是空的，他或者還不至於那樣吃驚，事實上，卡車廂的門是早被打開了的，海水已浸進了一半，可是海水上卻沒有人！

在一剎那間，雲四風實在是呆住了！

因為這極可能是卡車撞到了礁石，將門撞開，木蘭花從門中游了出去，可是四周圍的礁石，是如此尖利，海浪又這樣洶湧……

雲四風想到這裡，實在不敢再想下去！

穆秀珍在直升機上，心中也是緊張萬分，她自然無法看到車廂中的情形，但是一看到雲四風的樣子，也可知道情形不妙了。

她立時大聲叫道：「怎麼了？看到蘭花姐了沒有？」

可是，她叫得再響，也是枉然的，因為直升機機翼的聲音，將她的叫聲全蓋了過去，雲四風根本什麼也聽不見。

雲四風呆了半晌，才將繫在自己腹際的帶子解了下來，將帶子上的鉤子，鉤在被他切開了的那個洞的邊緣，然後，他才抬頭向穆秀珍做了個手勢。

這時，穆秀珍仍然不明白究竟發生了什麼事，但是，在雲四風的手勢之中，她卻可以看出，雲四風要她將直升機升高，以便將車廂吊起來。

她連忙照著雲四風的意思，直升機向上升了上去，將繩索拉緊，然後，那卡車廂慢慢地向上升了起來，等到卡車廂完全拉上水面之後，海水自車廂之中瀉了下來，穆秀珍也可以看到車廂的門是打開著的。

這時，穆秀珍也知道那是怎麼一回事了。

她將直升機降至可以允許的最低高度，然後，雲四風奔了過來，爬上了在礁石上撞來撞去的卡車廂，抓住了繩子，向上爬去。

雲四風爬進了直升機，穆秀珍面色灰白地轉過頭來道：「蘭花姐她……她已經出了車廂？她……到什麼地方去了？」

雲四風喘著氣，他的臉色也極其難看，他道：「我也不知道，我們現在沒有潛水設備，只好先飛回去，再來尋找。」

穆秀珍吸了一口氣，道：「四風，你飛回去，我留在這裡，沒有潛水設備，我可以不在水中耽得太久，我要先找過再說。」

「你瘋了！」雲四風驚叫了起來，「這裡的岩石像尖刀一樣，水流又那樣湍急，你怎能在毫無裝備的情形下，在這裡作潛水？」

「我一定要留在這裡！」穆秀珍固執地回答。

雲四風是知道穆秀珍的脾氣的，他嘆了一口氣，道：「秀珍，那你盡量小心，我一定以最快的速度，帶著裝備趕回來的。」

穆秀珍叫道：「你別多廢話了，我自然會小心的。」

她讓開了駕駛位，沿著繩索，爬了下去，兩分鐘之後，她已落在礁石上了，她向雲四風揮著手，一面脫去了鉤在卡車廂上的鉤子，雲四風縱使十分不願，也只好飛走了。

穆秀珍定了定神，她在滑不留足的礁石上，小心地走著，來到了剛才那卡車廂被夾住的地方，才停了下來。

那是兩塊直聳著的大石，邊緣鋒銳似刀，在兩塊大石之間，海水似乎格外深，每一個浪頭湧了過來，都激起無數白沫和漩渦，像是可以將世界上的一切東西全都捲到海底去一樣，穆秀珍雖然精於游泳，可是看到了這樣險惡的形勢，心中也不禁駭然。

她呆立了半晌，又向前走出了兩步，這時，她雙足已經浸入海水中了，在浪頭過去之後，她可以看到，自己還可以再向前走出幾步。

她小心地向前走著，直到她的小腿，完全沒入海水中。她已無法再向前走去了，除非她準備潛水，而她也早已有這個打算的，她伸手將頭髮紮成一束，剛準備跳進水中，可是也就在這時，她的右足足踝上突然一緊。

那一緊，分明是有什麼東西纏住了她的足踝！

穆秀珍這一驚實是非同小可，她連忙猛地提起右足來。可是，當她提起右足之際，纏住她足踝的東西卻纏得更緊。

而且，一股極大的力道，將她向海下拖去！

礁石上本就極滑，就算站立著，也得小心翼翼，才能不被浪頭湧倒，再被那股突如其來的大力一拖，拖的又是她的腳踝，她如何站得穩。

她的身子立時向後一仰，仰天跌倒，當她的身子跌下來之際，她的後腦，離一塊尖銳如刀的礁石，只不過三吋左右！如果她的後腦撞在那一塊礁石上的話，那麼她一定命喪當場了！

她之未曾立時送命，那只可以說是她的運氣好而已。那股大力不但將穆秀珍的身子拖倒，而且還繼續要將穆秀珍的身子拖進海中去，穆秀珍連忙伸手想抓住一塊石頭。

如果她能抓住一塊石頭的話，那麼，至少可以暫時使身子不再向海中滑去，看清纏住她足踝的是什麼東西，再來想應付之法的。

可是，就在她伸手向一塊石頭抓去之際，一個浪頭湧了過來，海水沒頭沒腦地向她的身上湧來，令得她窒了一窒。

她在那一剎間，出手自然也慢了一慢，一伸手，並沒有抓到石頭，而她的身子卻已被那股大力，向海水中直拖了下去。

和所有的浪頭一樣，一滾了上來之後，立即便向後退了開去。而在浪頭退後之後，只留下無數的漩渦，穆秀珍已然影蹤全無了！

雲四風當真回來得很快，只不過三十分鐘，他便駕著直升機回來了，方局長和他同機，和他同來的，還有另外四架直升機。

在那四架直升機中，有著最好的潛水人，也有著一切設備，雲四風所駕駛的那架直升機，更可以在最惡劣的情形下降落在礁石上，因為那直升機是特殊設計的，它的機身下，可以伸出一個支架來，就算在泥沼之上，也一樣可以降落的。

可是，當雲四風駕著直升機，越來越接近那堆礁石的時候，他的心便越向下沉，因為，他看不到穆秀珍。

他心中在想，或者穆秀珍恰好在潛水，等自己降落之後，她就會從水中冒出來了。但是，當直升機的支架伸出，停在礁石上面之後，穆秀珍仍未曾出現。

方局長是已經聽取了雲四風的全部報告的，他看不到穆秀珍，面上也不禁變色，忙問道：「雲先生，秀珍呢？在什麼地方？」

「我……我也不知道。」雲四風一面回答，一面已沿著繩梯爬了下來叫道：「秀珍！秀珍！」

可是他的狂叫聲，在波濤聲中漸漸消散，穆秀珍卻仍未曾出現，雲四風抬頭道：「方局長，我要開始潛水，我想已有……什麼意外了。」

當他講到「已有什麼意外」之際，他的聲音甚至在發抖！

其餘幾架直升機，這時也到了礁石的上空，潛水人紛紛地從直升機上被吊了下來，幾乎前後只不過十分鐘，八名第一流的潛水人已經下了水。

雲四風也在那兩塊大石之間，潛下水去。

由於水中有著太多的漩渦的緣故，幾乎看不到什麼，雲四風向下沉去，沉到了可以看到海底岩石的時候，才漸漸向前游出。

不多久，他便看到了從別的方向游過來的潛水人，他向他們做著手勢，雙方都表示沒有什麼發現，雲四風再向外游去。

這一帶的海水，力量實在太猛烈了，每一個潛水人的背上，都有著強力的尼龍繩繫著，以免被海水捲走，是以雲四風可以盡情地在海水中翻騰。

但是，時間一點一點過去，雲四風在海中，看到了海中所有的一切，可是他就是找不到木蘭花和穆秀珍兩個人！

在四小時後，天色早已黑下來了。

直升機上的探照燈，照射著附近的海面，更將險惡的尖刀礁照得如同蹲在海上的怪物一樣，天氣似乎在漸漸地轉劣。

其餘的潛水人都已經放棄了搜索，而爬上礁石來了，只有雲四風還在水中不肯上來，直到方局長不斷地催促，才由幾個人拉著繩索，將雲四風從海中拉了上來。

雲四風疲倦，沮喪，他只覺全身發軟，躺在礁石上，一動也不動。

方局長慢慢地來到了雲四風的面前。

他是想安慰雲四風幾句的，可是，在如今這樣的情形下，他實在不知該說什麼才好，他只是俯下身子來，抓住了雲四風的手，將雲四風拉了起來。

雲四風的臉，在探射燈的照射之下，可怕地青白，他因為在水中時間太久了，是以他的口唇不但白，而且腫得十分可怕。

他低著頭，慢慢地向前走著，方局長跟在他的後面。兩人來到了直升機旁，雲四風才用極其可怕的聲音，說出了兩個字來，道：「完了！」

方局長心中難過得無法形容，他只好將手按在雲四風的肩頭上，好半晌才道：「雲先生，這……真是意想不到的事！」

雲四風抬起頭來，他的臉上還全是水——也不知道那是海水，還是淚水，他的喉間，發出一種極其奇怪的「咯咯」聲來。

看他的樣子，他像是要因為這沉重的打擊而昏過去了！

也就在此時，只聽得直升機上，一名警官叫道：「局長，總局來的緊急報告，請你快來聽，市區之中，又有事發生了！」

方局長震了一震，雲四風也因之而定下神來，方局長面色蒼白，迅速地從繩梯上爬了上去，在那警官手中，接過了無線電話。

雲四風緊緊地跟著在方局長的身後。

只聽得自無線電話中傳出的，是一個十分急促的聲音，道：「局長，是方局長麼？市區的上空，剛才有七架飛機掠過。」

方局長忙道：「怎麼樣？軍方難道不管麼？」

「飛機是突如其來的，當軍方的飛機出動之際，那七架來歷不明的飛機已然飛走了。」那聲音仍是十分急促地說著。

「那麼，這七架飛機做了些什麼？」

「它們撒下了大量的傳單，幾乎全市的每一個角落，都可以看到他們撒下的傳單。」總局的值日警官一面說，一面在喘著氣。

雲四風在一旁忍不住大叫道：「傳單上說些什麼？」

「傳單上……傳單上有女黑俠木蘭花、穆秀珍和高主任被鐵圈箍在鐵板上的照片，並且說……東方三俠已全部就擒，定在三日之後……行刑……」

「通知全市警員戒備，取消一切休假！」方局長連忙吩咐著，「我立即就回來，並且通知科長、探長以上人員在會議室集會！」

方局長放下了電話，道：「四風，我們快趕回局去！」

直升機幾乎是立時升空的，飛向市區。

當直升機升空之後，可以看到本市輝煌無匹的夜間燈火，猶如一座會發光的山一樣，看來既平靜，又安寧，但是，雲四風和方局長兩人的心中，卻是不平靜的！

面對著那張傳單，警方高級人員、方局長和雲四風等人的心情，都十分矛盾。傳單印得非常之精美，有著一大幅圖片。

從那幅圖片上看來，高翔、木蘭花和穆秀珍三人都還活著，他們的身子被放在一塊鐵板之上，頸部、雙手的手腕和足踝都有鋼圈套著，固定在鐵板上。

而穆秀珍則杏眼圓睜，看來她正在大罵，因為她的口也是張著的。高翔雖然看來仍然是那麼不在乎，但也可以看出他神情中的那一絲苦笑。

他們三個人所在的地方，像是一間實驗室，有許多儀器，圖片中還有好幾個人，但卻只是背影，自然看不清他們的面目。

傳單上，除了圖片之外，便是文字。

首先，怵目驚心的一行大紅字：

東方三俠全部就逮。

下面還有著說明：

所謂東方三俠，已證明不堪一擊，現已全部就擒，被囚於某一神秘地方，為考驗警方能力，將遲緩三日行刑，自今晚子夜計算，七十二小時之內，若警方不能將三人救回，則三人身下之鐵板，將有高壓電流通過，東方三俠就此化為煙塵，永遠消失。血影掌啓。

在「血影掌啟」四字之後，則是一個紅色的手印，和半個黑色的影子，看來更是令人不寒而慄，不但使人恐懼，而且使人感到極度的厭惡！

雲四風心中之所以感到矛盾，是因為一看到了那張傳單，就可以相信，木蘭花、穆秀珍和高翔三人，目前還沒有死。

這比他在尖刀礁上時，以為木蘭花和穆秀珍已然葬身在大海之中，當然要好得多了，但是，血影掌給下的期限，卻只有七十二小時！

而直到如今為止，他們三人被囚在什麼地方，那血影掌是何等樣人，仍是一無所知，而時間卻只有短短的七十二小時，雲四風在會議室中，靜聽著警方高級人員報告各部門正在採取的行動，可是他卻越聽越覺得不是路，因為沒有一個辦法，是可以在七十二小時之內救出三人的。

別說是在七十二小時之內救出木蘭花等三人，只怕要在七十二小時之內，找到囚禁他們三人的地方，也是不可能的事。

雲四風突然站了起來，道：「請恕我打斷各位的話頭！」

所有的人，目光都集中在他的身上。

雲四風嘆了一口氣，道：「高主任和蘭花全是在市區失蹤的，但是穆秀珍卻是在礁石上失蹤的，各位可有認為匪徒的巢穴，就在礁石附近的麼？」

並沒有人同意雲四風的話，因為警方人員早已研究過了地圖，在尖刀礁附近，幾乎是沒有陸地的，如果說匪徒的巢穴竟是在海底的話，那未免太駭人聽聞了。

雖然沒有人同意，但雲四風卻仍然固執地道：「我認為一定是在那礁石的附近，因之我認為應向海軍方面聯絡，第一步要做的工作，是集中力量搜索海岸。」

「可是，」方局長遲疑道：「尖刀礁的附近一百浬之內，是沒有陸地的，雲先生的計劃，是不是反會耽擱時間呢？」

雲四風顯得十分激動，他大聲叫了起來，道：「耽擱時間？只要展開行動就不會是耽擱時間，唯有在這裡言不及義地討論，才真是糟蹋時間的！」

方局長嘆了一聲，道：「雲先生，我們知道你心中焦急，我們也同樣地焦急，可是，我們當然要找一個妥善的辦法——」

雲四風粗暴地打斷了方局長的話，道：「妥善的方法，妥善的方法，等你們的辦法想出來時，只怕七十二小時早已過去了。」

方局長的臉色，也不禁變得十分難看起來，因為雲四風的指責，實在是太過分一些了，他沉聲道：「警方自會採取行動的。」

雲四風「哼」地一聲站了起來，他用力將椅子拉開，大踏步跨向門口，拉開了門，向外便走，但他才跨出了一步，便幾乎和一個警官撞了個滿懷。

那警官連忙後退了一步，雲四風也站了下來，他的心中，也因為這一撞，而突然平靜了不少，他深深地吸了一口氣，轉過身來，道：「方局長，我向你道歉。」

方局長揮著手，道：「你不必道歉，我了解你的心情。」

那警官在門口道：「報告局長，穆小姐吩咐試片間的老闆認人，他已將人認出來了，他力稱送那段影片去的，就是這個人。」

這是一個令得會議室中的每一個人，都感到十分興奮的消息，因為這件事，自頭至尾，一點線索也沒有，如今認出了那個人，那可以說是唯一的線索了。

方局長忙道：「快將這人的資料拿進來。」

「是！」那警官捧著一疊文件走了進來，放在方局長的面前，雲四風和幾個警官，連忙一起湊過去，只見一張照片之上，是一個十分精悍的人。

那人的眉毛上，有一道疤痕，斜斜地橫過，看來十分凶相。

資料指出，這個人叫張連根，是七號碼頭一帶的黑道人物。這個人，曾經用惡勢力控制過碼頭工會，最近一年卻突然闊了起來，擁有一艘長八十呎的華麗遊艇，時時出海遨遊。

警方曾懷疑他的突然暴發，可能和走私、販毒有關，曾經加以秘密調查，從銀行方面得知，他的巨額存款，全是從南美英屬圭亞那匯來的。

當然沒有一條法律可以禁止有人從遠地匯錢到來，是以警方對張連根的調查，也只是不了了之。而警方之所以存有他的檔案，是因為他在碼頭橫行，曾有過幾次嫌疑殺人的緣故，當然，那幾次殺人，都因為證據不足，是以甚至未曾起訴。

這樣的一個人，突然被發覺和「血影掌」的事件有關，那自然是一件極重要的線索了，方局長忙道：「快去對他採取行動。」

雲四風忙道：「如果由警方出面的話，只怕打草驚蛇，局長，你可還記得，以前所有有關的人一被捕捉，就立時死亡的事？」

方局長點了點頭，道：「是，但張連根可能是高級人員，他，或者有可能就是那個鬧得滿天風雨的什麼『血影掌』……」

一個高級警官道：「他不可能是首腦，如果他是首腦的話，他又何以會親自將那卷影片送到那試片間去？他當然只是小卒！」

那警官的話，令得雲四風的心中陡地一動。

雲四風想到，那張連根的眉上，有一道傷痕，這種面貌是十分容易想得出來的，而血影掌的一切行事，都經過極其周密的計劃，絕不留下任何的線索，難道他會犯上那樣的疏忽？

可是，那一段記錄影片既然是由張連根送到試片間去，那麼，就必然是和「血影掌」有關連的，至於「血影掌」派出一個如此容易被人辨認出來的人去進行這件事，那可能是另有用意的。

然而，雲四風暫時也只能想到這裡為止，因為他無法知道「血影掌」的用意是什麼。

他揚了揚手，道：「各位，這件事，我看不會那麼簡單，其中或許另有曲折，若是由警方人員出面的話，那可能打草驚蛇，我看還是由我——」

方局長嘆了一聲，道：「雲先生，你不是警方人員，你大可不必置身於一件如此凶險的事情中的，那個匪首，可以說是我有生以來，所見到的最凶狠狡猾的一個人！」

雲四風將雙手按在桌上，道：「局長，我是一位市民，為了確保本市的治安，每一個市民都有責任來幫助警方的。」

「那你的計劃如何？」

「我先和張連根作私人的接觸，因為我和警方的關係亦不密切，我借一個題目，安排和他見面，或者不至引起他的懷疑。」

「可是，這樣進行起來便慢得多了，別忘記，我們只有七十二小時的時間啊！」方局長翻起手腕，看了看手錶。這時，剛好是子夜。

雲四風笑了一下，道：「但是這樣做，卻有效得多！」

方局長考慮了一分鐘，才道：「好，可是如果你沒有什麼結果，那麼，你立時通知我們，請你帶上這具小型的無線電通訊儀。」

方局長向一位警官指了一指，那警官的面前，放著一個方型的公事包，他立即將之打了開來，在公事包中，取出了一只小盒子來。

然後，他打開小盒子，拿起了一支鑷子，揀起了米粒大小的一件物品，向雲四風揚了揚。雲四風自己便是這方面的專家，他自然立即知道那是什麼東西了。

那是可以發出極簡單的無線電波的信號儀，只消加以壓力，無線電波便會發出，而無線電波一發出，接收儀上便會發出「的的」聲。

由於它的體積小，所以它的構造實在是十分簡單的，它不能用作通訊之用，只能在事先講明的情形下，發出信號來，譬如已到達目的地，已放棄某項工作，或者已經成功地完成任務等等。

而且，它可使用的時間也十分短暫，大約只有五秒鐘，但是由於它的體積十分小，是以還是樂於被採用的。

雲四風伸出手來，那位警官便將這小型的，只有米粒大的東西，用一塊和指甲一樣顏色的膠布，貼在他的指甲之上。

方局長又道：「如果你的調查工作已然失敗，那你就發出信號，我們便會立時派人去接替調查張連根的工作。這東西是經過專家改良過的，接收儀中甚至可以在短短的幾秒鐘內，確定它發出無線電波時所在的方向和位置，希望你別小看了它。」

雲四風點著頭，道：「各位再見！」

5 蒙面人

他大踏步地走出了會議室，一直來到了警局的門外，午夜的寒風迎面吹來，令得他精神為之一振，他在警局門口略停了一停，想要通知他的幾個兄弟，然而他並沒有那樣做。

因為這並不是一件靠人多就可以完成的事！

若是靠人多就可以完成的話，那麼本市的警方力量極其雄厚，何以竟然一點線索也掌握不到，處處落於下風呢？

他走過馬路，又步行了五分鐘，直到肯定並沒有人在跟蹤他，才截了一輛街車，來到了他的住所。他是住在工廠中的。

而他所住的地方，也可以說是一間特殊之極的工廠。他的臥床，是在兩具精密之極的儀器之間，那兩具儀器，可以製出許多精密的儀器來。

而在一張極長的長桌上，則是堆疊著許多的圖樣，以及各種各樣的零件，他自小便熱愛機器，他可以說是一個極傑出的工藝家。

他用十分鐘的時間，將全身裝備好，他的工具全是極其小型的，因之他身上雖然帶了不少東西，但是從外表看，卻是看不出來的。

然後，他奔到了車房中。

車房中停了七輛車子，他跳上了其中一輛狹而長的跑車，那是一輛水陸兩用車，在水上，它的速度絕不下於第一流的快艇。

由於張連根是住在遊艇上的，所以他選擇了這輛車子。

他駛著車子，直向七號碼頭進發，他並不知道張連根遊艇的樣子，但那是不必要的，張連根是七號碼頭的名人，只要碼頭上有人，就會有人告訴他的！

他一面將車子的速度盡可能地提高，但一面，他的心中，卻在不斷地告誡自己：雖然只有自己一個人在行事，但事情的成敗，卻關係太大了！

那不但關係著木蘭花、高翔和穆秀珍三人的生死，而且，還關係著全市警方的聲譽，以及正義與邪惡的勝負，關係著全市的治安！

張連根這個人，可以說是一大團亂得不堪的線團中的一個線頭！在這件事中，「線頭」不是未曾出現過，但卻都是一出現就斷了。

而現在，他卻要小心地拉住這條「線頭」，將之抽出來，非但不能將之「拉斷」，而且還要循著它，將整團亂線解開來！

雲四風還是第一次一個人從事如此艱難的一件事，他握著駕駛盤的雙手，不由自主地在出汗，而且在連連地抹拭著。

在雲四風到達七號碼頭之際，已是零時三十分了。七十二小時已去了半小時，而這半小時之中，卻是什麼成績也沒有。

雲四風將車子直駛向一條有燈光傳出來的小巷，當他的車子停下之際，他發現那小巷中，有十幾個流氓正在聚賭。

那是一條死巷，而雲四風的車子恰好停在巷口，那等於塞住了這十幾個人的去路，是以那十幾個人大聲喝罵起來。

有兩個人，甚至撩拳捋臂，一面罵著，一面走了過來。

但是雲四風仍然一動不動地坐著，等到那兩人來到了面前，他一揚手，將一疊簇新的鈔票在手心上拍了拍道：「張連根在哪裡？我想要見他。」

那十幾個流氓，錢也不賭了，都圍了上來，望著雲四風手中的那些鈔票，每一個人的臉上，都現出了極其貪婪的神色來。

但是，卻沒有人回答雲四風的問題。

有一個流氓，突然大叫一聲，伸手便來搶雲四風手中的鈔票，可是他的手還未曾碰到鈔票，雲四風便已倏然地伸手抓住了他的手腕，向外便揮。

那流氓的身子整個飛了起來，跌出了三碼開外。

「誰帶我去見張連根，這些錢就是他的！」雲四風宣布著。

那十幾個流氓，都聳然動容了。

可是，仍然沒有人出聲。

雲四風冷笑了一下，道：「你們放心，我找張連根，是和他有一件買賣要談，絕不為別的，你們帶我去，將來一定可以得他的獎金。」

那十幾個流氓互望了一眼，道：「你自己去如何？」

雲四風道：「也可以，你們告訴我好了。」

一個流氓道：「他常住在一艘叫作『皇帝號』的遊艇——」

那流氓的話還未講完，雲四風已然怒道：「別講了，你們以為我對張連根這人一無所知麼？他的遊艇，根本不叫『皇帝號』！」

那幾個流氓一起七嘴八舌地道：「本來的確不是這個名字，那是到最近才改的，你若是不相信，那我們也沒法再說下去了！」

雲四風道：「好，那你們說下去！」

一個流氓伸手指向海中，道：「你看到沒有？有一紅一綠，兩盞燈亮著的那艘遊艇，就是張連根的『皇帝號』了，聽說，上面有最美麗的女人！」

雲四風循著那流氓所指，向海面上看去。那艘遊艇停泊在離海岸相當遠的海面上，但是一紅一綠的兩盞燈，卻還是清楚可見，雲四風一揚手，他手中的一疊鈔票飛了起來。

那一群流氓大聲呼叫著，向鈔票跌落的地方衝了過去，你推我奪地開始搶奪，立時展開了一場混亂，而在這時候，雲四風已將他的車子駛進了水中！

他那輛車子，是水陸兩用的，在水中的速度相當高，當他鼓浪前進的時候，岸上那群流氓的鼓噪聲仍然不斷傳入他的耳中。

但是當他駛出了兩三百碼的時候，卻已靜了下來。

雲四風將車子的聲響減至最低，向那艘遊艇逼近去。等到來到了離遊艇只不過十來碼之際，他看到雪白的遊艇頭部，漆著「皇帝號」三個字。

在遊艇中，有近乎瘋狂的阿哥哥音樂傳了出來，遊艇的甲板上，並沒有人，雲四風熄了引擎，讓車子輕輕地靠上遊艇。

然後，他利用一塊強力的磁鐵，將車子和遊艇吸住，他攀住了船舷，爬了上去。他才一爬上甲板，便聽得「砰」地一聲響，艙門被打了開來。

從打開的艙門中，一個男人跌了出來。

但是那男人卻還不是一個人跌出來的，他一手拉著一個女郎，那女郎穿著一條僅僅可以遮掩下體的短裙，兩條豐滿的大腿完全暴露在外。

那男的跌了出來，用力一拉，令得那女郎也跌進了他的懷中，他立時用極其粗野下流的動作，加在那女郎的身上。

可是，那女郎卻非但不拒絕，還吃吃地笑著。

雲四風看到了這等情形，只感到噁心，他身子緊貼著船艙而立，只聽得艙中又有人大叫道：「喂，不行，你們不能到甲板上去！」

那男的叫道：「船艙中太亂了，亂到我找不到碧姬了！」

雲四風已然有些明白了，這樣打扮的女郎，那樣色情狂的男人，和那種瘋子一樣的音樂，船艙中一定正在進行瘋狂舞會！

雲四風大著膽子，身形一閃，轉了出去。

他才一轉出，便聽得那男子叫道：「嗨，你在外面做什麼？裡面的女孩子比男人更多，你還不進去享受享受，卻在吹海風麼？」

雲四風直來到那人面前，一手抓住了那人的頭髮，道：「你先進去吧！」他猛地一提，那人發出了一下怪叫聲，撞進了船艙中。

船艙中傳出了一陣轟笑聲來，但是雲四風卻立時拔出槍來，「砰」地開了一槍。槍聲令得所有的聲音都停了下來，只有音樂聲還未停下。

而船艙中的燈光，也立時大明！

那船艙十分之大，約莫有兩百平方呎，這時，大約有三十來人，而約有二十名打扮得極其濃艷、穿著短裙的女郎，當燈光大明之際，她們卻變得十分狼狽。

一個身形魁梧的漢子，這時正走了過去，關上了唱機，轉過身來。雲四風仍然站在艙口，他手中也握定了槍，對著艙內。

那漢子轉過身來之後，雲四風立時注意到他眉上的疤痕，那就是張連根。

張連根滿面怒容，喝道：「你是什麼人？」

「我是特地來找你的，張連根！」雲四風鎮定地說。

「他媽的，你是什麼人？」張連根顯然有些吃驚。

「你過來！」雲四風揚了揚手中的槍。

「放屁！」張連根罵著，「你以為我是好惹的麼？」

雲四風放聲大笑了起來，道：「你當然不是好惹的，但是，我既然已到了這裡，你以為我就是好惹的麼？我數到三，你得出來。」

張連根大聲地用粗言穢語在罵著，但是雲四風卻自顧自地數著。

當他數到了「三」時，他的手指扳動了槍機，「砰」地一聲響，一粒子彈在張連根的頭頂上掠過！

張連根的面色陡地變了。

雲四風冷冷地道：「這一粒子彈，只不過燒焦了你的頭髮，但是我如果再數到三，你仍然不出來的話，下一顆子彈，將在你兩眼之間開一個洞了，一——二——」

「好！好！我出來！」張連根不等雲四風數出「三」字，便高舉雙手，表示投降，他搖擺著身子，向外走來，又道：「朋友，你的槍法不錯啊！」

當他向外走來之際，雲四風向後退出了兩步，而當張連根來到了艙口時，雲四風便道：「站定，別前進，也別後退！」

他要張連根停在艙口，當然是有用意的。他斷定，「皇帝號」上的人全在艙中，那麼，他命令張連根站在艙口，艙內的人便無法向外衝來，他便占著上風了！

張連根停住了身子之後，不耐煩地雙手叉著腰，道：「好了，有什麼事，該說了，你沒有看到我們正在歡樂之中麼？」

「那當真對不起得很了，」雲四風冷冷地道：「我問你，你是奉誰的命令，將那卷影片送到那間試片間去的，你說！」

張連根一聽，忽然「哈哈」大笑了起來，他一面笑，一面伸手指定了雲四風，道：「果然來了，你果然來找我了！」

雲四風厲聲道：「這是什麼意思？」

「你，」張連根仍然笑著，「你一定就是那個姓雲的大有錢人了，是不是？我們早料定你一定會來的，你果然來了！」

雲四風厲聲道：「現在是我在問你問題！」

張連根彎了彎腰，道：「先生，我正在聽著，你只管問好了，你只要喜歡，可以問一千個問題，一萬個問題，都不要緊。」

在船艙中，又傳出了一陣哄笑聲來。

雲四風覺得十分狼狽，張連根如此不將他放在眼中，他必須要給點顏色讓張連根看看了，他正想扳動槍機，射向對方的肩頭。

但是就在這時，他的背後，突然傳來了一聲大喝。

雲四風還未曾來得及轉過身來，他的背後便已受了重重的一擊，那一擊的力量極強，像是一柄槍托撞在他的背上。

雲四風的身子，猛地向前一衝，就在這時，他看到張連根已迅速地向船艙中退去，雲四風知道自己已然中了對方的奸計了！

對方並不是沒有準備的！而且，正如他曾經懷疑過的一樣，對方一切行事都計劃得如此之周詳，而會派出眉上有疤痕的有案底的張連根去送那段影片，那絕不是疏忽，而是計劃的另一個環節，那個環節的作用，就是引他到「皇帝號」上來自投羅網！

雲四風一想到這一點，立時便意識到自己處境的危險，他更立時想到，除非制住了張連根，否則，自己是沒有辦法脫身的了！

是以，他一看到張連根向船艙中退去，他不顧一切向前疾撲而出。

他和張連根幾乎是先後相差只不過一秒鐘，跌進船艙中的。

而在他跌進船艙之後，他又發了一槍。

張連根在地上打滾，滾了開去，雲四風的那一槍射了個空，張連根想要一躍而起，但是雲四風飛身而起，一腳已然踢中了張連根的下顎。

張連根的身子重又跌倒下去，雲四風一俯身，抓住了他的一隻手腕，將他的手臂硬生生地扭到了背後，立時用槍對準了他的後腦！

直到這時，他才看到剛才在他背後向他襲擊的人，一共是四個人，四個人的手中都握著手提機槍，而這四個人的臉上，都戴著軟塑膠的面具，以致他們看來，十分詭異恐怖。

雲四風一看到這四個蒙面人，又不禁呆了一呆，他沉聲喝道：「張連根，你若是要命的，就命令這四個人將槍放下！」

張連根只是在掙扎著，還未曾出聲。

可是，那四個蒙面人中的一個，卻已發出了驚心動魄的笑聲，怪笑了起來，道：「你別問了，他早已不要命了！」

張連根的身子突然停止了掙扎，他用駭然欲絕的聲音問道：「你們……你們……」

那蒙面人道：「對了，我們奉命將你毀滅！」

他的話才一講完，只見他一翻手腕，手中已多了一柄精光奪目的匕首，他握住了匕首的柄，將那柄匕首向前直拋了過來！

那蒙面人的動作，實在快到了極點，以致雲四風還沒有想出應變的辦法來之前，「啪」地一聲，那柄匕首已然插進了張連根的胸膛。

張連根發出了一下驚呼聲，他的身子又掙了兩下，但是那柄匕首卻恰好插入他的心臟，他立即垂下了頭，不動了！

這個變化，是雲四風絕料不到的！

這時，他抓住的是一個死去了的張連根，當然是一點作用也起不了的。但是，如果他將之放開的話，他連這一點掩蔽也沒有了。

就在這時，另一個蒙面人又喝道：「所有的人都到甲板上來，全上來！」

那些男女，早已嚇得面無人色，連忙依言走了出去。

轉眼之間，船艙中已只有雲四風一個人了！

他看到兩個持著手提機槍的蒙面人向後退去，雲四風立時厲聲喝道：「喂，你們想做什麼？你們想進行一場大屠殺麼？」

他的話剛一講完，令人心悸的機槍聲，男男女女的驚呼聲，倒地聲，落水聲，已然一齊響起來，剎那間，「皇帝號」船上，簡直成了人間地獄！

雲四風在艙中，不禁呆住了！

他實是想不到對方竟凶殘到了如此滅絕人性的地步！

他鬆開已死了的張連根，心中的第一個念頭便是：快點離開這艘遊艇！但是，當他想到這點的時候，卻已經遲了！

他的身子才動了一動，那兩個停在艙口的蒙面人已然直衝了進來，雲四風連忙扳動槍機，但是由於慌張，他那一槍並沒有射中任何人。

而那兩個蒙面人，則已在那一剎間衝到了他的面前，手提機槍的槍柄橫掃了過來，正掃在他的手腕之上，將他的槍掃脫。

雲四風手槍雖然已經跌離了手，但是他仍然一低頭，向前疾撞而出，那一撞，正撞在那人的胸口，那人發出了一下怪叫，翻身向後倒去。

雲四風連忙撲了上去，一面用膝蓋頂住那人的小腹，一面伸手去奪手提機槍。

如果是一對一的話，那麼，雲四風的這幾下攻勢十分凌厲，那人已然沒有還手的餘地，雲四風也是定然可以將手提機槍奪過來的了。可是，如今他卻不是一對一，而是一對四！

就在他雙手握住了手提機槍，用力一扯，將那柄手提機槍奪到了手中之際，他的後腦已受了重重的一擊！

那一擊，令得他的身子，陡地挺立了起來。

然而，也就在他的身子挺立之際，他的眼前一陣發黑，他雙手雖然還緊緊地握著那柄手提機槍，但是他的身子卻已然倒了下去。

一個蒙面人將倒在地上的一個拉了起來，在甲板上的兩個蒙面人也走了進來，就在這時，只聽得船艙的一角，傳來了一個聲音，道：「速離開港口，向南駛，與我會合，小心看守俘虜。」

「是！」那四個蒙面人齊聲答應著。

如果這時，雲四風可以聽到那聲音的話，他一定一聽就可以聽出那正是「血影掌」的聲音了，但可惜這時，他昏了過去。

兩個蒙面人進入駕駛艙，遊艇迅速地衝波破浪前進。

等到水警輪接到了有槍聲的報告，而趕來察看的時候，「皇帝號」早已走遠了，而第二天，當被槍殺者的屍體浮了上來之際，當然又成了轟動全市的大新聞，而警方的威信，也可以說到了最低潮，每一個人都在談論著「血影掌」。

而且，每一個人都知道，連所向無敵的木蘭花，這次也遇到了對頭，她自己、穆秀珍和高翔，已一齊落在「血影掌」的手中了。

人心惶惶，一些犯罪集團趁機活動，罪案的數字直線上升，本市的治安，幾乎已到了快要崩潰的邊緣了，而時間還是無情地在過去。

全市每一個人都知道七十二小時的限定。

而木蘭花能不能在七十二小時之內脫身呢？

木蘭花有什麼辦法呢？

木蘭花……

木蘭花在那卡車廂之中，當卡車廂流到了海中之後，她的心中實在十分亂，因為她並沒有可以弄開那車廂的工具。

而如果想被船隻發現，那希望是十分渺茫的，最糟的是，卡車廂是密封的，車廂中的氧氣，可能支持不了多久，那麼，她極可能在遇救之前就窒息而死。

木蘭花坐著，不住地在轉著各種可以脫身的念頭。

在她還未曾有什麼具體的辦法想出來之際，突然，她覺出車廂輕微地震動了一下，接著，車廂在海中流出去的速度，突然增加了。

木蘭花吃了一驚，不知發生了什麼事。

她站了起來，她只是可以想到，車廂的去勢十分之快，因為她可以清楚地聽到浪花拍在車廂上的聲音。

如果是順著海流流出去，那絕不會有這樣的聲響發出來的，那麼，一定是有什麼帶著車廂在鼓浪前進了？那麼，對方不是將自己拋進海中就算，而且還要進一步對付自己！

木蘭花在漆黑的車廂之中站了片刻，又慢慢地走到一個角落中蹲了下來。約莫又過去了半小時，突然聽得「啪」地一聲響，車廂的門被打了開來。

一絲微弱的光芒射了進來。那絲光芒雖然微弱，但是對久處在黑暗之中的木蘭花來說，足可以使她看得見，有一根槍管自門中伸了進來。

幾乎在木蘭花還未曾有任何動作之際，便聽得那槍口發出了一陣尖銳的「嗤嗤」一聲，一種氣體疾噴了出來，木蘭花已然站了起來，但是這種氣體，卻又使得她跌倒下去。

她全身發軟，但是她的神智卻十分清醒。

只聽得外面有人道：「行了，她一定已毫無抵抗能力的了，將她帶出來吧，首領等著要見她，這是非同小可的事，木蘭花被擒，哈哈。」

隨著講話聲，兩個漢子將門打開，走了進來，一人抓住了木蘭花的一隻手，將木蘭花拉了出去，木蘭花一出了車廂，海風吹來，令她的神志更清醒了些。

但是，她卻仍然軟弱無力，那種氣體，令得她的肌肉神經受了麻醉，是以她根本沒有反抗的力量。等到她被拉了出來之後，她看到了一大堆尖礁石，卡車廂正擠在兩塊礁石的中間，有一艘小型的潛艇，正露出在水面之上。

木蘭花被迅速地抬到了潛艇上，她又看到那卡車廂被翻了轉來，然後，她被從潛艇的艙口中塞了進去，進了潛艇之中。

她被關進了一間十分窄小的房間之中。

然後，她覺出潛艇在向下沉去。

木蘭花的心中，暗嘆了一口氣。

事情發展到了這一地步，她可以說是一敗塗地了！

她當然不是第一次落到敵人的手中，但是卻沒有一次像如今那樣不明不白的。她甚至連那個「血影掌」究竟是什麼人也不知道！

而且，她還知道，不止是自己一個人落入敵手，連高翔也落入敵人手中了，在她也被擒之後，那個「血影掌」不是更可以窮凶極惡了麼？

木蘭花這時所能做的，只是猜想事情下一步的發展將會怎樣。她估計那「血影掌」將會和她見面，這可能便是血影掌要生擒她的目的！

因為自從她被困在卡車廂中起，對方不知有多少次可以殺她的機會，但是對方卻沒有下手。由此可知，那個「血影掌」並不是以殺了她而感到滿足，對方要取得絕對的勝利，他可能要全世界都知道，鼎鼎大名的女黑俠，已成了他的俘虜！

這一點，倒是木蘭花歡迎的。因為只要拚下去，儘管她節節敗退，儘管她的處境再不利，但總是有機會可圖的，她必須鎮定，忍耐，然後，等候著機會。

木蘭花打定了主意，她索性闔上了眼睛，休息起來。因為即將到來的事，甚至是不能預測，她必須要有足夠的精神去對付。

至少過了兩小時，木蘭花又覺得潛艇在向上升起。

然後，「砰」地一聲，那窄艙門被打開，兩個蒙面人又將她拉了出去，塞出了艙口，木蘭花四面看去，她仍然在海上，潛艇冒出海面的地方，是在一艘相當大的船隻之旁，那艘船，看來像是一艘商船，懸著巴拿馬的國旗。

但是木蘭花立即斷定，這艘船絕不是商船，商船只不過是假裝的，這裡一定就是那個血影掌的大本營！

木蘭花心中又不禁嘆了一聲，那是多麼巧妙的設計啊，「血影掌」的總部，是一艘商船，流動的總部，不但可以使他神出鬼沒，而且，他還可以公然地將商船停在任何公開的港口上！

從潛艇到那商船，是由一艘小橡皮艇划過去的。

一上了商船，立時有兩名水手過來架著木蘭花，那兩個蒙面人立時退了開去，等到他到了潛艇中之後，潛艇開始沉下去。

木蘭花被帶到了一個船艙之中，在那個船艙中停留了幾分鐘，她又被帶到了另一個船艙，如是這般，一共轉了四個船艙，最後，木蘭花被推進了一個十分巨大的船艙之中，她相信那已是目的地了！

因為，那被漆得血也似紅的船艙之中，只有一張漆黑的椅子，那張椅子的椅背，完全是一隻手掌的形狀，椅背是對著艙門口的。

木蘭花才一跌進來，就看到一個人坐在這張奇異的椅子上，那人當然是背對著她的，但是木蘭花卻也立即知道他是什麼人了！

當木蘭花「砰」地一聲跌進來之際，坐在那椅上的人，身子抖動，發出了一陣刺耳之極的聲音來，那正是「血影掌」的聲音！

他笑了近兩分鐘，才道：「木蘭花小姐，你來了麼，歡迎，歡迎。到了如今，你是不是以為和我作對，是太不自量力了呢？」

木蘭花悶哼了一聲。

血影掌又「哈哈」大笑了起來，道：「你實在是太不自量力了，我是什麼人，你竟然想與我作對？我想，你一定在後悔你找到市立藝術院中的那批古畫了吧？」

木蘭花是有講話的氣力的，但是這時，她卻全然懶得開口。

她不出聲，血影掌一直在笑著，直到笑了十來分鐘，他才道：「你可以和高翔見面，而且不必多久，我相信你也可以和穆秀珍見面。還有一個什麼人？叫雲四風是不是？他也一定會來與你們會合的。」

木蘭花仍然不出聲。

那血影掌也不轉過身來，只見他的手在椅把上輕輕地按了一下，立時便有兩個人走了進來，「血影掌」吩咐道：「將她帶下去，安置在高翔的旁邊。」

木蘭花心中暗嘆了一句，除了任人擺佈之外，她還有什麼法子可想？

她被那兩個人拖了出去，到了另一間船艙之中。

一進了那間船艙，她就看到高翔了。

高翔的身子，像是釘在十字架上的耶穌一樣，分被固定在一塊鐵板之上，他的頸部、手腕、足踝處，以及腰際，都箍著極厚的鋼帶。

看來，他的全身，除了雙眼之外，沒有一個地方可以活動的了。

木蘭花一到，高翔轉過眼來，失聲叫道：「蘭花！」

木蘭花嘆了一聲，道：「高翔。」

高翔在鐵板上用力地掙扎著，但那當然是沒有用處的，他急叫道：「蘭花，快反抗，一被他們綁上了，就沒有機會了！」

木蘭花苦笑著，道：「你以為我不想反抗麼？但是我吸進了一種特殊的氣體，我除了還可以講話之外，一點也不能動。」

高翔呆了片刻，他望著木蘭花被拉上了那塊斜放的鐵板，看看木蘭花的手、足，全被鋼帶扣住，他額上汗如雨下！

等到木蘭花全被扣住之後，高翔才喘著氣，道：「你，唉，他們究竟想怎樣？他們為什麼不乾脆下手？他們還在等什麼？」

但這時候，木蘭花卻顯得比平時更鎮定，她只是苦笑了一下，道：「我想他們是在等秀珍，或許，他們還要等雲四風。」

高翔苦笑著，道：「你是說，我們全完了？」

木蘭花並不回答，高翔也不再問。

6 七十二小時

穆秀珍果然來了，穆秀珍被拖進來的時候，全身還是濕淋淋的，當穆秀珍也被綁上了鐵板之後，有人替他們拍了照。

穆秀珍一直在破口大罵，直到罵得聲音都啞了，她才停了下來，喘著氣。又過了幾小時，有人拿著印好的傳單給他們看。

穆秀珍又罵了起來，但是木蘭花卻不出聲。

高翔只是微微地嘆著氣。

等到拿傳單來的人退了出去之後，高翔沉聲道：「秀珍，別罵了，我們得想一想辦法才是，蘭花，你一點主意也沒有麼？」

木蘭花木然地回答道：「沒有。」

木蘭花的回答，令得高翔和穆秀珍兩人感到一陣心冷。他們從來也未曾聽得木蘭花講出這樣失敗的話過！

穆秀珍在呆了一呆之後，尖聲叫道：「我們沒有辦法了？」

木蘭花的聲音更是沮喪，道：「我看是沒有辦法了，不但我們沒有辦法，方局長在七十二小時之內，只怕也救不了我們。」

穆秀珍也不出聲了。

木蘭花道：「這個血影掌，可說是我們所遇見的匪徒之中，最出色的一位，我們是敗定了！」

穆秀珍不服氣地叫了起來，道：「蘭花姐！」

木蘭花苦笑著，道：「你是在說我長他人的威風，是不是？我絕不是長他人的威風，你想，我們自和他交手以來，哪裡曾占過一絲上風？」

「有的，那批名畫不是給我們找到了麼？」

「那只可以算是偶然的幸運，唉——」木蘭花忽然長長地嘆了一口氣，「這個人，可惜我們竟連他是什麼樣子也不知道！」

穆秀珍怒道：「理他是什麼樣子的幹什麼？」

在她們姐妹兩人講話之際，高翔一聲不出。

高翔之所以不出聲的原因，並不是因為他同意木蘭花的見解，而是他聽出，木蘭花這樣講，像是有一種特別的用意！

果然，在穆秀珍講完了那一句話之後，便聽得艙旁的一角，傳來了得意之極的笑聲，笑聲正是「血影掌」所發出來的！

血影掌的笑聲，當然是通過了傳音器傳過來的，他笑了一會，道：「木蘭花，你已肯認輸了，你可是準備向我投降麼？」

木蘭花冷冷地道：「如果你以為我會有這樣的意思，那你可大錯而特錯了，我只是想見見你，看看你究竟是什麼樣子。」

血影掌又笑了起來，道：「自來美人愛英雄，莫非你對我有意思麼？哈哈，但是就算你對我有意思，我也不會上當的。」

在一旁的穆秀珍，已氣得滿臉通紅，她大聲地叫道：「蘭花姐！」

她這樣大聲地叫著，當然是不想木蘭花再和血影掌交談下去。

但是，木蘭花卻像是根本未曾聽到穆秀珍的叫喚一樣，她也笑了起來，道：「血影掌，由此也可以知道，你心底深處，對我們三個人害怕到了什麼程度！」

高翔也在這時突然插言道：「蘭花，其實你根本不必指出這一點，現在，他一定認為你是在激他現身了，他已將我們三人擒住，但是他卻一點沒有勝利的信心！」

傳音器中，只傳來「血影掌」一陣又一陣的冷笑聲，並沒有傳來他的回答，高翔勉力轉過眼，向木蘭花看去，木蘭花臉上那種安詳的神情，令他佩服。

血影掌笑了許久，他的笑聲才突然地停了下來。

接著，那傳音器中，便什麼聲音也沒有了。

穆秀珍「哼」地一聲，道：「這賊子，他果然不敢來見我們，當真是膽小如鼠！」

她這一句話才出口，只聽得門上發出「啪」地一聲響，他們三人的頭部，全是被固定在那塊鐵板之上的，是以他們並看不到門口發生了什麼事。

但是，他們根本不必去看，也立即可以知道門旁是發生了什麼事了，因為「血影掌」的聲音，已然從門口傳了過來，道：「你猜錯了！」

穆秀珍陡地一怔，道：「蘭花姐，他來了！」

木蘭花的心中，也陡地緊張了起來！

她剛才講了那麼多話，又受了血影掌那麼多的嘲笑，她以為血影掌是不會來的，因為只要血影掌來到她面前的話，她就還有一線可以脫身的機會！

但如今，血影掌真的來了！

木蘭花的心中，自然又高興，又緊張，她用十分平靜的聲音道：「他來了？我看，他至多不過在門口略站一站而已。」

在門口，血影掌又連聲冷笑了起來，道：「木蘭花，你又料錯了，我不但將來到你們的面前，而且，在七十二小時之後，我還要親自按掣，將你們烤死！」

隨著這幾句話，腳步聲向前傳了過來，木蘭花的心中更緊張了，她盡可能轉過眼去，想看一看血影掌究竟是怎樣的人。

但是，她還未曾看到血影掌，便突然聽得另一陣急驟的腳步聲傳了過來，接著，便有人叫道：「首領，首領，『皇帝號』有緊急報告。」

血影掌的腳步聲停止了。只聽得他笑了起來，道：「三位，有好消息來了，你們新加入的一個同伴，只怕也要受到我的款待了。」

穆秀珍吃了一驚，道：「你是說……」

血影掌冷冷地道：「我是說雲四風！」

血影掌只講了這一句話，便聽得他向後退去的腳步聲，接著，便是「砰」地一聲，門被關上的聲音。

隨著那「砰」地一聲，木蘭花實在沒有法子掩飾她心中的失望，她不由自主低聲嘆了一口氣，而穆秀珍卻又忍不住罵了起來。

又過了將近一小時，傳音器中，才又有聲音傳了出來，那仍然是血影掌的聲音，道：「剛才我說的好消息，已然證實了！」

木蘭花立時問道：「那是什麼意思？」

「雲四風已被我請來了！」血影掌得意地笑著，說：「但是他卻比較幸運，只要他的兄弟們，肯以雲氏機構的百分之八十資產移交給我，他就可以不死。」

「你在做夢！」穆秀珍嚷叫著。

「絕對不是做夢，而你們三人也不必想有活著離開的機會，告訴你們吧，飯桶方局長直到現在，仍然是一籌莫展！」

高翔朗聲笑著，道：「可是，你卻不敢來見我們！」

高翔並不知道木蘭花為什麼一定要見血影掌，但是他卻知道，木蘭花要見血影掌，那一定是有理由的，而木蘭花要見血影掌，如果一直由木蘭花提出來，便容易使對方起疑，所以高翔一有機會，便再激血影掌，要他在木蘭花的面前出現。

木蘭花也明白了高翔的意思，她冷笑著，道：「高翔，你非要令他難堪嗎？他不願意見我們，就讓他自己去決定好了。」

穆秀珍聽得雲四風也落到了血影掌的手中，她的心中十分焦急，簡直比她自己遭了不幸更甚，也直到此時，她才知道自己和雲四風之間，實已有了極深厚的感情。

她這時忙反駁木蘭花的話，道：「什麼不願意，其實，他是不敢！」

在傳音器中，血影掌發出一陣笑聲，但是他的笑聲卻在漸漸遠去。然後，突如其來地，「砰」地一聲，門被打開。

血影掌一直在笑著，直到他來到了木蘭花的面前。

他一到了木蘭花的面前，不但木蘭花可以看到他，連高翔和穆秀珍兩人，也可以看到他了。

那是一個身形高而瘦的人，他的年紀不會超過三十五歲，臉色十分蒼白，但是雙眼卻極其有神，這是一個十分陌生的面孔，是他們以前從來也沒有見過的。

木蘭花閉了閉眼睛，這個人絕沒有化裝，也沒有戴上什麼面具，但他卻是一個以前從來也未曾見過的人，這人只怕也不會在任何警局有犯罪記錄。

木蘭花望著他，足有一分鐘之久，才道：「你就是血影掌？」

那人用十分傲岸的神態道：「我是。」

木蘭花發出了一個微笑，道：「你有什麼辦法證明你就是血影掌？你不是聲稱絕不在人前露面的麼？何以竟打破了你自己的信條？」

「在將死的人之前，我露面又有何妨？」

「你既然已經打破了你自己的信條，那證明你的失敗已然開始了，你以為人家不知道我們在什麼地方麼？那你就大錯而特錯了！」

血影掌冷笑了起來，道：「他們當然不知！」

木蘭花道：「你是一個十分自信的人，但是卻過分自信了，你以為你已經對我們作過搜查的，是不是？但是，你可曾注意到我左手的無名指和中指，幾乎是一樣長？而事實上，無名指是應該比中指短上四分之一吋左右的，你看到了沒有？」

木蘭花一面說著，血影掌的眼光便不由自主移向木蘭花左手的中指和無名指，果然如她所說，是一樣長的！

血影掌的身子，略震了一震。

他立時道：「你是說，在你的左手無名指之上，藏有一具小型的無線電發射儀，使得你的所在可以為人所知？」

木蘭花只是微笑著，不置可否！

但是，血影掌卻並沒有被木蘭花嚇倒，他反而「呵呵」大笑了起來，道：「可是，你或許也沒有想到，我們是在一艘船上？」

這的確令木蘭花吃了一驚，因為她確然未曾想到這一點。她發出了「啊」地一聲，然而那一聲，她卻是故意裝出來的。

血影掌笑得更加得意，道：「所以，我只要現在將你手指上的無線電通訊儀毀了，再開動船隻，那麼，就再也沒有人可以知道你在哪裡了。木蘭花小姐，如果你的救兵找不到你，那是你自己的錯誤，哈哈，鼎鼎大名的女黑俠木蘭花，自己害了自己，哈哈！」

他一面笑著，一面疾伸手，捉住了木蘭花左手的無名指指甲，猛地向後一拉。

他一拉之下，果然給他拉下了兩分長短的一節東西來。

那節東西本來是套在木蘭花的手指之上的，但是，當那節東西被拉出來之後，他面上那種得意的笑容，卻突然凍結了。

他臉上的形狀變得十分怪異，只見他慢慢地舉起手，湊到自己的眼前，他的手上，仍然捏著那節假指甲，但是，在他的食指之上，卻刺著一枚尖針。

那枚尖針刺進他的手指並不深，當然也不會造成多大的痛楚，但是他的臉上肌肉卻不由自主地抽搐了起來，而且，他講話的聲音也變了。

可是，他還在故作輕鬆，他道：「嘿，這是什麼玩意兒？一具小型的無線電通訊儀之中，會有一枚尖針射出來的麼？」

「當然不會有的。」木蘭花鎮定地回答。

「那麼，這是什麼玩意兒？」血影掌怒吼了起來。

「哦，你還不知道麼？」木蘭花微笑著，「你上當了，那是一枚毒針，我相信你的手指已然在感到麻木了，是不是？」

血影掌以極快的動作，在他的上衣袋中，抽出了一條絲手巾來，將他的手腕緊緊地紮住，他的雙眼之中，也現出十分狠毒的神色來。

木蘭花繼續在微笑著，道：「不中用的，血影掌先生，如果你是給毒蛇咬著了，

那麼你這樣做，可以使毒性受阻，但是那針上的並不是蛇毒，或許你聽說過，在英屬圭亞那的海岸不遠處，有一個島，那個島叫作死亡島，島上有一種植物——」

木蘭花才講到這裡，血影掌已然怪叫了起來，喝道：「住口！」接著，他一連喘了好幾口氣，才道：「你，你想嚇我麼？」

「我不是想嚇你，我只是想告訴你事實，你這艘船上，我相信一定有完整的化驗設備，那麼，你將可以發現一種特殊的結晶，這種結晶，只有死亡島上的那種植物才有的，而這種毒素，在一進入人體之後——那太巧了，也恰好是七十二小時——」

木蘭花故意頓了一頓。

血影掌怪聲笑了起來，道：「我不會死！」

木蘭花點頭道：「對，你說得對，你講出這句話來，證明你對毒藥的知識極其豐富，七十二小時之後，你不會死，但是你的神經中樞開始受到破壞，你的記憶逐漸消失，再過七十二小時，你仍活著，而且很健康，但是你卻是一個比初生嬰兒更無知的白癡，一個活死人！」

血影掌猛地向後退出了一步，但是他居然仍然維持著相當程度的鎮定。他道：「接下來，當然你是希望我向你求教解毒的方法了？」

木蘭花道：「當然是，這種毒物，用一種十分簡單的東西，就可以將毒性解去，但是那簡單的東西是什麼，卻只有死亡島上的土人酋長才知道。」

血影掌厲聲吼道：「但是，你的詭計挽救不了你。」

木蘭花笑了起來，道：「挽救得了的，我曾在死亡島上住了三個月，我曾以最普通的奎寧丸，挽救過酋長兒子的性命，所以，你還是求我吧！」

血影掌狠狠地道：「我願意將手砍下來！」

「那當然可以，手是你自己的，你喜歡怎樣處置，就怎樣處置，」木蘭花俏皮地回答，「但是，既然你對毒藥的知識如此豐富，那麼，你總該知道這種毒藥是作用於神經系統的，除非你將全身的神經一起切去，但既然準備那樣，又何不聽憑毒性發作呢？」

血影掌怔怔地站著。

他一動也不動，而且，也不說什麼。

木蘭花在微笑著，高翔和穆秀珍兩人，則十分緊張地屏住了氣息。尤其是穆秀珍，她一面緊張，一面卻忍不住想笑。

她知道木蘭花到過南美洲，但是，她卻從來也不知道木蘭花在什麼死亡島上替什麼酋長的兒子醫過病，血影掌所中的那枚針上，可能根本沒有什麼毒！

但是血影掌本來已然蒼白的臉色，卻越來越是蒼白，他面對著木蘭花，向後退去。

在他退出木蘭花的視線之際，木蘭花大聲道：「七十二小時，你記得麼？如果你計算好時間，可以在七十二小時之內趕到死亡島，並且有辦法逼那酋長講出秘密的話，那你就快些去，要不然，你還是來求求我的好！」

血影掌並沒有回答，但是在木蘭花那樣講的時候，他顯然停了下來。然後，便是「砰」地一聲響，門關上，血影掌已走了。

血影掌一走，穆秀珍立時說道：「蘭花姐，他會──」

可是穆秀珍的話才講到了一半，高翔便已發出了一聲大喝，道：「秀珍，你怕死麼？我們就算死了，他也成了活死人，有什麼不值？」

穆秀珍本來是想說「他會相信麼」的，她心直口快，講話之前，總不想上一想講出來之後，會有什麼結果，這時她的話被高翔喝斷，她才陡地想起，自己這句話若是講了出來，那是可以使木蘭花的佈置前功盡廢的，也可以使自己唯一的逃生機會化為烏有的！

她想到了這裡，不由自主出了一身冷汗。

高翔知道穆秀珍已然領會了自己的意思，不會再胡亂說話了，他才略鬆了一口氣，道：「蘭花，你以前見過血影掌麼？」

木蘭花道：「沒有，他是一個處心積慮的罪犯，當然不會像普通的罪犯一樣，隨便給人家留下印象的，還記得那暗殺黨的首領麼？竟是一個身分如此高貴的人！」

高翔十分感慨地道：「我們終於消滅了他，總算也盡了我們最後的一分責任了！」

木蘭花長嘆一聲，道：「是啊，從此之後，世人或者會忘記我們，但是自然更不會有人提起血影掌三字來了，他苦心籌劃了十來年，所有的心血當然全白費了，我真懷疑，在他成了活死人之後，代替他位置的，會是他哪一個部下！」

高翔大聲地笑了起來，道：「我更在懷疑，在他成了死人之後，是不是會得到比豬更好的待遇，還是被他的繼任者推到海中去算數！」

高翔和木蘭花明知在這裡所發出的任何聲音，血影掌都是可以聽得到的，他們就是利用了這點，才特意這樣講的。

而且，他們的講話，也十分高明，他們像是料定了血影掌不會來求木蘭花一樣，看來像是他們根本不想血影掌前來。這樣的話，聽在血影掌的耳中，滋味當然不會好受了！

血影掌仍然緊緊用絲巾紮著手腕，他在走了出去之後，立時召集醫生替他作檢驗，醫生用一根橡皮管代替了絲巾，將他的手腕紮住。

血影掌只覺得手臂在漸漸麻木，他甚至感到一陣陣的頭眩，三小時之後，抽自他指尖的血液檢驗報告，和那枚尖針的檢查報告，才到了他的桌子之前。

而當他看到了那報告之際，他不禁呆住了。

正如木蘭花所說，那是一種新的，前所未見的結晶體，而更令他心驚肉跳的是，檢查針尖毒質的醫生，將針刺入青蛙的脊椎神經，在四十分鐘之後，那受試驗的青蛙雖然未曾死，但是卻變得十分呆滯，似乎失去了一切行動的力量！

血影掌額上的汗不禁涔涔而下，那樣，看來木蘭花的話是真的了，他將在七十二小時之後，成為一個「活死人」了。

這是他以前所絕對想不到的事，他所夢想的，是他將會登上世界犯罪王國第一把交椅的位置，他自詡是一個犯罪的天才。

而木蘭花等四人，相繼落入了他的手中，全機場的飛機一齊被劫走，這可以說是他的犯罪天才已得到了極致的發揮！

但是，他卻上了木蘭花的當！

他用已經麻木了的手，緊緊地握著拳，在桌上用力地敲著，但是他究竟是一個聰明人，他知道這樣做，是全然無補於事的。

他只不過敲了幾下，就將自己激怒的情緒穩定了下來，用左手按下了一個掣，那是和木蘭花所在的那個囚房通話的對講機的掣鈕。

他先咳嗽了一聲，並不講話。

而在這三小時之中，木蘭花等三人心情上所受的煎熬，也絕不比血影掌好過些，因為三小時不是一個短時間，而在三小時中，血影掌卻一點消息也沒有。三人之中，甚至連木蘭花也不能肯定，血影掌是不是真的會來求自己，直到這時，聽到了血影掌的那一下咳嗽聲，他們才放下了心頭的一塊大石。

血影掌在咳嗽之後，又停了將近一分鐘，才道：「好了，木蘭花，那簡單的，可以去除毒性的東西，究竟是什麼？」

木蘭花並不回答，她看到穆秀珍想笑，她連忙以一個眼色制止了她。高翔自然也不出聲，是以血影掌不得不再問第二遍。

可是木蘭花仍然不出聲。

直到血影掌問到了第六遍，雖然他的聲音越來越是惱怒，但是木蘭花卻可以在他的聲音中聽出，他內心的慌張，實在是再也難以掩飾的了！

木蘭花的心中，大大地鬆了一口氣。

她知道，在她和血影掌的鬥爭中，這一刻是極其重要的一刻。從這一刻起，她已由劣勢轉為優勢了。

再也沒有比一個長期處在劣勢的人扭轉了劣勢之後感到高興的事了，而這時候心情的舒暢，快樂，也絕非局外人所能體會的。

木蘭花笑了起來，她道：「你是浪費時間，先生！」

「那你要怎樣？」

「當然，第一步，先得將我們放下來，使雲四風和我們見面，才能談其他的事。」木蘭花安詳地回答著血影掌的問題。

「那你休想！」血影掌怒吼著。

木蘭花的回答，只是一陣清朗的笑聲。

7 梅樂准將

接下來，又是近兩小時的沉默。

但是在這兩小時中，木蘭花卻一點也不在意，她既然知道血影掌的心中，已生出了極度的恐慌，那麼，她何必緊張？

一個人，除非他不產生恐慌，要不然，恐慌只會隨著時間的逝去而增加，而絕不會消失的，她已然開始占上風，又何必心急？

果然，兩小時後，血影掌惡狠狠的笑聲又傳了過來，道：「木蘭花，你已然看過我撒下的傳單，你當然已知道，你們躺著的鐵板是可以發熱的，它發熱的程度，足可以將妳烤熟！」

「不錯，我們全知道，被烤熟的滋味當然不好受，但是鐵板一開始發熱，我們自己都有速死的方法。而你，最好也準備一下，因為變活死人的滋味，更加難受得多！」

血影掌一開始提及鐵板會發熱，顯然是還想向木蘭花示威的，但是，正如木蘭花所料的那樣，他的恐慌，正在與時俱增！

木蘭花的話，令得他已到了不克自持的地步，他尖聲罵道：「他媽的，你說的那種解毒的東西，究竟是什麼，你快說！」

「或許就是蒸餾水，」木蘭花輕鬆地笑著，「將我們放下來，和雲四風見面，這是第一步，做到了這一步，才能談別的！」

血影掌的聲音又靜了下來。

這一次，他的靜默只維持了半小時，便聽到艙門被打開，幾個大漢走了進來，用特製的器械，將木蘭花、高翔和穆秀珍三人一起解了下來。

三人被固定在鐵板之上實在太久了，是以當被解下來的時候，他們幾乎有站立不穩的感覺。

木蘭花立時問道：「雲四風在那裡？」

一個中年人道：「請跟我們來。」

穆秀珍高興得幾乎要狂叫了起來，他們跟在那幾名大漢的身後，來到了另一間艙房之中，雲四風正呆坐在一張椅子上。

當雲四風看到他們三人時，當真不相信自己的眼睛！

也就在這時，血影掌的聲音又傳了出來，道：「好了，那是什麼？快說，你們四人已經見面了，那是什麼，可以講了！」

木蘭花安詳的聲音，恰好與之相反，她道：「你別心急，這只是第一步。你說我們是在船上，那當然是在海中了，你要準備一艘快艇，讓我們四人離去。」

「不行！」血影掌狂吼著，「你們離去了，我問誰？」

「在我們到達了安全地點之後便通知你。」

「你以為我會相信麼？那絕不行！」

「好的，絕對不行，我請問你，你的手臂現在怎樣？」

「麻木……那不行，你們離去之後，怎能保證你一定會告訴我？」血影掌的聲音，已顯得十分之乾澀，「你們至少留下兩個人作人質。」

血影掌已然讓了一大步了，但是木蘭花卻一點也不讓步，她道：「我們一個人也不留下，必須全部離去。你可以留一具無線電通訊儀在供我們離去的快艇上，我們隨時聯絡，一到我們認為安全了，我便會告訴你，什麼東西可以解除毒性。」

「我有什麼保證？」血影掌幾乎在哀鳴了。

「我要生擒你，」木蘭花冷冷地回答，「我不會讓你就此變成活死人，我要你接受法律的裁判，這便是你可以得到的保證。」

血影掌慘聲笑了起來，道：「木蘭花，你只不過略占了一些上風，居然就想要生擒我，這豈不是想得太遠一點了麼？」

木蘭花冷笑道：「這就要走著瞧了。」

血影掌半晌不出聲，雲四風和穆秀珍兩人緊緊地握著手。

過了好幾分鐘，才聽得血影掌道：「好，如果你們不守信用，那麼，我將出動我所擁有的機群，襲擊市中心區最繁榮的所在，別以為我是在說笑，我是一定會那樣做的！」

木蘭花道：「很好，那很公平。」

血影掌沉聲道：「準備第二號快艇，將快艇全部移交給他們，安排快艇上的通訊系統，使之直接和我的辦公室聯絡！」

血影掌的命令下達之後，可以看到外面有人忙碌地奔來奔去，約莫過了一小時，才有人來道：「第二號快艇已然準備好了。」

木蘭花等四人，在這一小時之中，完全保持著沉默。這時，離他們脫險的時刻，已越來越近了，但也因之而變得更緊張。

誰能料知血影掌不會最後變卦呢？

他們向前急步走著，來到了一個極大的船艙之中，那船艙中是裝著一艘貨艇的，那麼，這個本來應該是一個貨艙。

但是，這個艙中卻並沒有貨，而有著四艘快艇，那四艘快艇是被放置在鐵軌上的，在第一艘快艇上，有著一個「二」字。

血影掌並沒有再露面，木蘭花等四人來到了那艘快艇之旁，木蘭花略看了一眼，道：「這快艇可以長途航行麼？」

一名大漢道：「它可以將你帶到世界的任何角落。」

木蘭花一揮手，道：「我們上去，先檢驗它的機件。」

他們一齊跳了上去，只花了二十分鐘的時間，他們已肯定剛才那漢子所講的話，實在一點也沒有誇張，那的確是一艘雖然小，但極其完美的船隻。

木蘭花吩咐雲四風駕駛這艘快艇，她向那大漢叫道：「行了！」

那大漢向他手中的無線電對講機道：「開放艙門。」

只見貨艙的尾端向兩旁移了開來，移開的部分，離海水只不過兩三尺，海水像是隨時可以湧進來一樣。

接著又聽得那大漢道：「上升鐵軌！」

快艇所在的鐵軌的尾端，漸漸向上升起，變成了斜斜向上，直升向已打開了的艙門。接著，那大漢大喝一聲，道：「放射！」

只聽得一下極其驚人的「嗤」地一聲，快艇已在鐵軌之上，向前疾滑了出去，滑出了艙門，凌空升出了好幾十碼，然後才落入了海中！

快艇會以這種方式進入海中，那倒是木蘭花等人所始料不及的，他們四人全在艙中跌在地上，雲四風第一個爬起來。

一爬起來之後，便連忙發動引擎，穩住了艇身。木蘭花等三人相繼爬起。

等到他們爬起來的時候，看到那艘大貨船，正在用極高的速度駛離他們，而他們的快艇，也在以相反的方向鼓浪前進。

轉眼之間，大貨船已然看不到了。

而這時，正是黃昏時分，暮色蒼茫，籠罩著整個大海，木蘭花不斷地用無線電通訊儀進行著聯絡，終於，他們聽到了方局長的聲音。

穆秀珍也直到此時才大笑了起來，叫道：「這個傻瓜，他竟相信了你的話，蘭花姐，只怕天下沒有比他更傻的人了。」

木蘭花望了穆秀珍一眼道：「他不是傻瓜！」

而方局長則在無線電中叫道：「我通知海軍來接你們！」

穆秀珍還在不服氣，可是就在這時，他們已聽到了飛機聲。

他們四人一齊抬頭向上看去，只見兩架飛機正在他們的快艇上迴飛，而且，向他們擺翼致意。

方局長的聲音又傳了出來，道：「你們看到飛機沒有？我們的空軍報告已發現你們了，海軍艦隻就快趕到了，你們是怎麼脫險的？唉，簡直叫人不敢相信。」

穆秀珍笑著道：「蘭花姐，可以告訴那血影掌，他根本未曾中毒了！」

木蘭花卻沉聲道：「他是中了毒。」

穆秀珍呆了一呆道：「那針上……真有死亡島上的毒藥？你不是在故意恐嚇他？蘭花姐，你可是什麼時候到過死亡島的？」

「唉，」木蘭花嘆了一聲，「你以為血影掌是什麼樣人？是可以全用謊話騙得信的麼？我說了一些謊話，但最主要的是，我射出的那枚針上，真是有著十分特異的毒藥的，那種毒藥，是高翔給我的，它的毒性，也正如我所說的那樣。」

穆秀珍瞪了高翔一眼，像是在怪他剛才不將實情告訴她，她又道：「那麼，如今我們已脫險了，就由得他去中毒好了！」

木蘭花徐徐地道：「不錯，和這種人本就不必講什麼道義的，但是問題卻不在此，他一方面寄希望於我們，一方面一定仍在研究那毒藥，他一定也已發現解毒的辦法了！」

「解毒的辦法是什麼？」

木蘭花並沒有直接回答，她抬頭看去，遠處，艦隻已然出現，她旋轉著無線電通訊儀的掣，直到聽到了血影掌的聲音。

血影掌不等木蘭花講什麼，便聽得他道：「鹽水，只需要注射鹽水就行了，是不是？」

「是的，」木蘭花平靜地回答，「但需要大量的鹽水，在十二小時之內，不斷地進行注射。」

「木蘭花，」自儀器中傳出來的聲音之中，可以清晰地聽到血影掌濃重的呼吸聲，「你們四個人這次能夠脫身，純粹是一種奇特的幸運！」

「我也認為如此。」木蘭花承認了這一點。

「我們之間的事還沒有完，木蘭花，你小心一些。」

「對的，我們之間的鬥爭還沒有完，我們必須重複你的話，你必須小心些，因為現在起，形勢已然對你開始不利了！」

「那只不過你自以為如此而已！」

「一點也不，」木蘭花沉著地回答，「我們已看到了你，而且，我的衣服上，還留下了你的指紋，血影掌先生，你的身分已暴露了。」

血影掌停了片刻，才又狠狠地道：「你小心些，你著實得小心些！木蘭花，我龐大的行動計劃，是以除去你作為開始的。」

「那麼，恐怕你的計劃沒有開始的可能了，」在那面傳來重重的「砰」地一聲響，顯然是血影掌將通話器摔在桌子上所發出來的，木蘭花也關上了掣，沉思起來。

木蘭花登上了前來接應的艦隻之後四小時，各報爭相出號外，過百萬的市民都知道木蘭花、高翔和穆秀珍三人安然脫險了。

警方也發佈了一個簡短的公報，闡明警方目前所遭遇的巨大的挑戰，和呼籲全體市民保持鎮定，並警告蠢蠢欲動的犯罪分子。

而木蘭花等人一回到了本市，根本未曾想到休息，他們直接來到警局，木蘭花在車中時，已然索取了紙和筆，將血影掌的輪廓勾描了出來。

木蘭花不是一個畫家，但是她有著十分強的觀察和記憶力，是以她記得血影掌這個人臉部的特徵，而這時，她表現得十分恰當。

木蘭花也用小刀將她肩頭上的一塊衣服割了下來，血影掌的手曾按在她的肩頭上，她希望會在衣服上查出指紋來。

在會議室中，全市的高級警官，連同軍方代表，全集中著，在聽木蘭花發表她的觀點。

她的聲音十分低沉，她道：「各位，檔案人員正在盡一切可能，在尋找這個人的底細，因為這樣一個思想縝密的罪犯，很少可能是以前沒有犯罪記錄的。但是檔案人員從臉容上獲得資料的可能性不大，因為現代的外科手術，可以將一個人完全變作另一個人！我們現在已找到大半個指紋，希望在這大半個指紋上，可以找出這人的真正身分來。」

方局長緊皺著雙眉，道：「知道了他的身分，對於整件事情，又有什麼幫助呢？他的總部是在一艘船上，這艘船才是我們要找的。」

木蘭花點頭，道：「當然要去找那艘船，今後，我們可以通電世界各國的海軍和水警求助，但是我懷疑這人和本市是有關的。」

木蘭花說血影掌和本市有關，這令得各人都吃了一驚，一齊抬起頭，向她望來。

木蘭花吸了一口氣，又道：「血影掌的犯罪機構，不經過十多年的苦心經營，是萬難有這樣的規模的，而他揀定了本市來下手，再從他對本市的情形之熟悉來看，加上他以我們三人作為目標，我更可以肯定地說，這人是從本市出去的！」

木蘭花略頓了一頓，又道：「是以，明白這血影掌的底細十分重要，他是一個極狡猾的人，如果以為他還會在那艘船上等死就錯了！」

木蘭花坐了下來。

在她的聲音靜了下來後，好一會沒有人出聲。

木蘭花的話，雖然沒有多大的證據，但是卻有著極強的說服力，靜默了片刻之後，高翔用鉛筆輕輕地敲著桌子，道：「你說，血影掌可能上了岸，已到本市來了？」

木蘭花點了點頭。

高翔道：「我們得到的那半個指紋，雖然不怎麼清晰，但如果是有記錄在案的話，那一定可以根據這指紋查出他的身分來的。」

「在查知他的身分之後，」木蘭花補充道：「那我們就可以先打擊他本市的許多據點，然後再將他逼出來，各位，我們已占上風了！但仍須小心從事！」

木蘭花的話才一講完，方局長座位旁的對講機便發出了「滋滋」聲來，方局長按下了一個掣，一位警官的聲音道：「局長，我是檔案室的警官。」

各人的身子，都不由自主地挺了一挺。

「有什麼話，快說！」

「那半個指紋，我有了意外的發現。」

會議室中好幾個人，都一齊站了起來。

「誰？那是誰的，快拿檔案來。」

「局長，我想……這件事，我應該和你作單獨的報告，這情形有點特殊，這情形真是非常之特殊，方局長，我必須向你單獨報告！」

那位主管檔案的孫警官，是一位十分老資格的警官，高翔知道他是一個老成持重的人，可是這時候，他的聲音聽來卻十分慌張。

方局長皺了皺眉，他雖然對孫警官那種驚懼的口氣，和那種特異的說法，表示十分不滿，他道：「你知道，我正在主持重要的會議！」

「那麼，我可以向高主任單獨報告的。」孫警官仍然堅持，不肯將他所稱的「意外發現」，就這樣講出來給大家聽。

方局長低聲道：「這人就是做事太小心，高翔你去一次。」

高翔站了起來，他剛一站起，木蘭花便突然道：「高翔，你一個人去，只怕不怎麼妥當吧，我和你一起去！」

方局長道：「蘭花，現在是在警局中啊！」

木蘭花已在向外走去，她一面走，一面道：「我知道，但是孫警官既然認為事出非常，那麼一定有十分意外的事發生了。」

她和高翔兩人已然來到了門口，拉開了門，一齊向檔案室走去，到了檔案室，只見許多工作人員還在忙碌地找尋檔案。

木蘭花和高翔一走了進去，高翔便道：「孫主任呢？」

一位警官向主任辦公室指了一指，道：「他在裡面。」

高翔和木蘭花一起來到了寫著「檔案室主任」字樣的門前，伸手敲了敲門，可是門內卻並沒有人回答，高翔連忙伸手去推門。

但是，門卻又推不開，是在裡面鎖住了的。

高翔大聲叫了起來道：「孫主任！孫主任！」

高翔的叫喚，引起了檔案室中所有工作人員的注意，人人都抬起頭來，而且，每一個人的臉上，都現出十分奇怪的神色來。

兩名年輕的警官快步走了過來，幫著敲門，一面道：「孫主任是一定在裡面的，不止是他，軍方情報部也有一位上校在！」

可是，辦公室之內，仍然沒有人答應。

高翔用力撞著門，撞了兩下，門仍未被撞開，木蘭花向他腰際的佩槍指一指，高翔立時拔槍在手，對準了門鎖，連放了三槍。

然後，他一腳踢開了門。

門一被踢開，辦公室內的情形便一覽無遺了。

辦公室中的確有兩個人在，一個是孫主任，另一個則是穿著上校制服的軍官，但是這兩個人都伏在桌上，高翔快步搶到近前，心中一陣發涼！

那兩個人都死了！

木蘭花的心中，也感到一股涼意。

孫主任和那軍官都伏在桌上，他們在死前，一定是在共同工作的。

孫主任的一隻手指，還放在可以和方局長通話的對講機掣上，而上校的手，卻抓著電話聽筒。

木蘭花連忙取下了電話聽筒來，按了按電話，接線生的聲音傳了過來，木蘭花忙道：「請問，剛才這個電話，是打向何處的？」

「軍部，軍部情報部。」

「找誰接聽的？」

「情報部主任，梅樂准將。」

「謝謝你。」木蘭花放下了電話。

高翔這時，已在察看一扇打開了的窗子，凶手顯然是從那裡進來，和從那裡退走的。

從高翔和木蘭花前來的那一個短時間之內，很可能他們在第一次拍門的時候，凶手還在這間辦公室之中的。而兩人的死因也已然查明了，他們的面部是中毒針而死。

那種毒針，正是「血影掌」慣用來殺人的！

不到三分鐘，這間辦公室的裡外已全是人了，但木蘭花卻不擠在人群中，她退了出來，向一名檔案室的警官招了招手。

那警官跟著她，來到了走廊中，木蘭花才問道：「軍部情報部的那位上校來，是來做什麼的，你可知道麼？」

「我知道，他是帶著許多指紋記錄來的，高主任吩咐說，要查一切可能查到的指紋記錄，這位上校帶來的指紋，是情報部搜集到的罪犯、間諜，以及曾在軍中有犯案記錄的人的指紋。蘭花小姐，你認為他們兩個人為什麼遇害呢？」

木蘭花沉緩地說道：「是因為他們找到了血影掌。」

那警官吃了一驚，道：「可是……可是血影掌怎麼知道他已被發現了呢？他們兩人一直在辦公室中，根本沒有出去過啊！」

木蘭花苦笑了一下，道：「我沒有法子再繼續和你說下去了，如果你知道了的話，那麼你隨時可能和他們兩人一樣了。」

那年輕警官的面色變了一變，不敢再問。

木蘭花道：「別緊張，事情快水落石出了，請你帶我到電話總機去。」

「是。」那警官答應著。

所有的人仍然圍著檔案室在忙著，也沒有人注意木蘭花已然離去，木蘭花和那警官來到了電話總機房，消息顯然也已傳到了這裡，幾個接線生正在交頭接耳。

木蘭花一進來，她們都停止了交談。

木蘭花示意那警官出去，然後她才道：「剛才接通檔案室打到軍部去的電話的，是哪一位，請跟我出來，我有話要問。」

一個瘦削的，樣貌相當凶的接線生站了起來，道：「是我，你又不是警方人員，你……怎可以叫我隨便離開工作崗位？」

木蘭花冷冷地道：「我隨時都可以叫高翔來的，但是高翔一來，所有的一切卻必須公開，難以隱瞞了，你可明白麼？」

那接線生的面色變得蒼白了，她不再出聲，向外走來，木蘭花帶著她，轉過了走廊的轉彎處，才道：「我知道，偷聽電話是觸犯紀律的，但是，你偷聽了那個電話，是不是？」

那接線生雙手亂搖，忙道：「不，不是，我沒有。」

「你不必抵賴了，如果你未曾偷聽那電話，你剛才在答覆我的詢問時，一定只知道電話是打到軍部去的，而不可能知道他找軍部的什麼部門和什麼人，因為那是軍部接線生的事了。但是你卻知道得十分清楚，這證明你一直偷聽下去。」

那接線生低下頭去，無話可說。

木蘭花又道：「我可以替你隱瞞這件事，只要你將聽到的內容講給我聽。」

「這……這……我只不過是一時好奇，想聽聽這位上校和情報局長講些什麼，蘭花小姐，你……千萬要代我隱瞞啊！」

「我已經答應過你了！」

「那上校他首先對梅樂准將道歉，說他不知道……七年之前，梅樂准將受嫌疑被拘留時留下的指紋，竟還沒有毀去……我不知道他受什麼嫌疑……」

木蘭花並沒有回答。

但是，木蘭花卻是知道這件事的。這件事七年前曾轟動一時，梅樂准將被控將兩艘航空母艦的秘密停泊所在地通知敵方，以致兩艘航空母艦被秘密潛艦擊沉。但是在軍事法庭開審之前，主控方面的幾個證人離奇斃命，這件案子也沒有再審下去。而梅樂准將的職位，也得到了保存。

木蘭花「嗯」地一聲，道：「然後呢？」

那接線生轉著眼珠，道：「然後，那上校用十分奇怪的聲音道：准將閣下，這幾乎是不可能的，三千萬個人中才有一個的機會，竟然發生在你和血影掌的身上，這不是太可笑了麼？這是值得向你報告的。梅樂准將的聲音很緊張，他道：你先別出聲，你知道，我是受過嫌疑的，最好先別讓警方人員知道這件事。梅樂准將在講完之後，立時掛上了電話，但是上校卻一直未曾收線，我還聽到他並沒有照准將的吩咐，他和孫主任講起了這個巧合。」

木蘭花深深地吸了一口氣。

孫主任辦公室中發生的事，已然大白了！

事情實在是已經可以從已獲知的細節中推想而知的了。孫主任和那位上校一起在核對指紋。突然，上校發現了「血影掌」的半個指紋，和梅樂准將留下的指紋竟然是相同的，這當然是一個驚人之極的發現，但是他認為那是「巧合」，於是，他便打電話給梅樂准將。

那個電話，就是接線生偷聽到的電話。

上校在梅樂准將放下了電話之後，並沒有照著他上司吩咐他的，不要去和警方人員談及這件事，倒並不是由於他不聽命令，而更可能是由於他在打電話的時候，孫主任根本在一旁，那自然是會問起來的，當然，孫主任也詳細檢查了兩個指紋。

孫主任檢查的結果，自然是發現指紋相同，那時，可能上校還以為那是「巧合」。指紋相同的人不是沒有，但其可能只是三千萬分之一而已。

孫主任在一開始的時候，可能也認為這是一種「巧合」，是以他一定還和上校交談了一陣別的事，所以才耽擱了一些時間。

後來，孫主任當然想到，這種罕見的巧合，可能性實在太少了，是以他覺得有向方局長作報告的必要，但由於梅樂准將不是普通人，所以他必須向方局長作單獨報告。

這其間，又耽擱了一兩分鐘，等到高翔和木蘭花兩人來到，撞不開門，又耽擱了兩三分鐘，那麼，凶手便有足夠的時間行事了。

木蘭花在想通了一切的經過後，心中也不禁十分駭然，指紋雖然已被凶手帶走，但是孫主任和上校的發現，卻絕不是巧合！

血影掌是什麼人，已然真相大白了！

他，就是情報局長，梅樂准將！

這當然是駭人聽聞的一件事，但是，也正只有情報局長這樣地位的人，才可以用上十多年的工夫，去佈置一個犯罪集團，而不會被發現！

其實，梅樂也不是一直未曾遇險，七年之前的嫌疑案，如果不是他那時殺了證人的話，可能他的罪行早已被揭發了！

木蘭花又想起，和血影掌最早有關的事，便是和特務人員有關，有好幾個情報販子死在市立藝術院，而這一類工作，正是他主管的！

木蘭花更記得，當市立藝術院連二接三的命案發生之後，高翔曾代表警方，去和情報局的人連絡過，但是卻碰了一個老大的釘子。

事情實在是再明白也沒有了，梅樂准將根本不想警方插手管這件事！

但是，富有責任感的高翔卻不肯不管，不但他自己管了，而且，將木蘭花姐妹也捲入了漩渦，是以惹起了梅樂的暴怒，在他未能獲得市立藝術院的那批名畫之後，他便專來對付警方了！

也只有一個情報局長，才能在軍中為所欲為地發展他的組織，木蘭花也明白何以血影掌的手下竟如此聽命於他，在最緊要的關頭都肯自殺了。因為他的手下都是情報人員或是軍人，而軍人和情報人員，本來就是隨時準備犧牲的！

那接線生仍然呆呆地站在木蘭花的前面，木蘭花靜靜地想了好幾分鐘，才道：「你偷聽的那個電話，我是不會對任何人講起的，但是你也絕不能對任何人提及。」

「我？我當然不會，除非我發神經了。」

「好，你回去工作吧！」

那接線生如獲大赦地走了。

木蘭花慢慢地在走廊中走著，當她轉出走廊的時候，便聽得穆秀珍叫道：「蘭花姐，蘭花姐！你到哪裡去了？高翔到處在找你！」

「高翔在那裡？」木蘭花問。

「高翔他先走了。」穆秀珍回答著。

木蘭花呆了一呆，道：「他先走了？到什麼地方去了？」

「軍方的情報局來電話，說是局長梅樂准將要約晤警方的高級人員，所以，」穆秀珍奔了過來，「方局長派高翔去了。」

木蘭花陡地伸手，握住了穆秀珍的雙臂，道：「你，你說什麼？」

穆秀珍吃了一驚，當她向木蘭花望去時，她更加吃驚，失聲道：「蘭花姐，你怎麼了？你的臉色怎麼這樣蒼白？」

木蘭花吸了一口氣，低聲道：「高翔走了多久？」

穆秀珍道：「大約十五分鐘，蘭花姐，你可曾聽到我的話，高翔是到軍事基地去見梅樂准將的，你那樣驚惶失措作什麼？」

木蘭花拉著穆秀珍便向外走，道：「我們快走，我們必須利用直升機了，秀珍，我已可以肯定，梅樂准將就是血影掌。」

「你說什麼？」穆秀珍直跳了起來！

「現在別叫嚷！」木蘭花已將穆秀珍拖出了警局大門，直升機就停在大門前的廣場上，木蘭花和穆秀珍兩人向前直奔而出。

在她們的身後，雲四風追了上來，叫道：「你們上那兒去啊？」

「四風，你快來。」穆秀珍高叫著。

在木蘭花和穆秀珍兩人奔到直升機旁邊的時候，雲四風已追到了。

木蘭花正和一位警官在發生爭執，那警官道：「對不起，使用直升機，是要方局長親自批准的！」

「時間不允許了，」木蘭花一伸手，大力推開了那警官，「我們必須爭取每一秒鐘的時間，我會在直升機上和方局長連絡的！」

她一推開那警官。便已竄上了直升機。

8 甕中之鱉

幾乎只有半分鐘，直升機巨大的機葉聲便已軋軋地響著，急速地轉動起來，一陣陣勁風襲了下來。

那警官還在大聲嚷叫，但他在叫些什麼，根本聽不到了。

穆秀珍和雲四風兩人是緊跟著爬上去的，他們才爬上了直升機，直升機在木蘭花的操縱之下，已經騰空飛起來了。

當木蘭花駕著直升機騰空飛起之際，正是高翔駕著車子，通過了軍營的崗哨，進入軍營的時候，他的車子才一通過崗哨，兩名軍官便迎了上來。

高翔還未曾開口，那兩名軍官便道：「閣下是梅樂准將的客人？請允許我們登車。」

高翔點了點頭，兩名軍官登上了車，其中一個，坐在高翔的旁邊，指點著高翔開車，車子轉了好幾個彎，轉進了一條上山的路。

在那條路的路口處，又有一個崗哨，但是崗哨上的衛兵看到那個軍官揮了揮手，便打開了木柵，放車子過去，並沒有檢查。

那條山路十分曲折，在行駛了兩分鐘之後，已變得林木深邃，看來根本不像是軍營。高翔的心中，不禁有些起疑。

那軍官想是也看到了高翔臉上疑惑的神色，道：「梅樂准將的私人辦公室就在上面，他一向喜歡清靜，而他的工作，也的確需要清靜。」

高翔點著頭，表示接受了那軍官的解釋。

一分鐘後，車子又轉了三個彎，停在一所古雅的小洋房之前，又有幾名軍官迎了上來，其中一名，替高翔打開了車門。

高翔向他們友好地點著頭，由他們帶領著，一起走了進去，來到一間寬大的辦公室之內，一位穿著將軍制服的人，正坐在一張大辦公桌之前。

高翔認得他，他就是情報局長，梅樂將軍！

高翔向他行了一個軍禮，道：「准將，對於上校的被害，我們警方表示十分抱歉，但是事情實在發生的太意外了。」

梅樂准將自椅上緩緩地站了起來，沉聲道：「凶手是什麼人，知道了麼？」

「知道了，血影掌。」

梅樂准將的雙手按在桌上，道：「我的意思，血影掌是什麼人，知道了麼？」

高翔心情痛苦地搖了搖頭道：「還不知道。」

他講了這一句話之後，頓了一頓，又補充道：「但這是暫時的，我們一定會查出他是誰來，而且一定會捉住他的！」

梅樂准將忽然笑了起來，道：「高翔，你究竟不如木蘭花，我想，木蘭花只怕已經知道血影掌是什麼人了，我想的大約不會錯。」

高翔有點愕然，他道：「將軍，我不明白你的意思？」

梅樂准將自顧自地道：「但是，你也立即就可以知道誰是血影掌了，我可以使你知道，高主任你仔細看看，仔細些！」

梅樂准將一面說，一面轉過身去！

高翔不知所措地四面看著，他發覺七八名軍官呈半圓形圍住了他，他並且發現，其中有幾個軍官竟是十分面善。

高翔的心頭跳了起來，他幾乎要狂叫起來，那是不可能的，絕不可能！

但是他還未曾叫出來，便聽到了一聲大喝，叫道：「高翔！」

那是血影掌的聲音！高翔應聲疾抬起頭來。

他恰好看到梅樂准將的身子，慢慢地轉了回來，就在那一剎間，他呆住了。

就像是世上最神奇的魔術一樣，穿著准將制服的，竟是血影掌！

高翔張大了口，闔不攏來。

但是血影掌卻「哈哈」地大笑了起來，道：「有趣麼？高翔？只怕想不到吧！不但你想不到，連我也想不到我會逼得要暴露出身分，那全是因為我未曾想到，七年前我犯嫌疑罪被拘留時遺下的指紋，居然還未曾被毀去，對你和對我來說，這都是意外！」

高翔困難地吞著口水，他指著梅樂准將，道：「你……的化裝……怎可能如此之快，而又……如此出神入化，不易覺察？」

「那是我的新發明，高翔，一種特殊的軟塑膠料製成的面具，它的厚度，只不過是一百二十分之一公分，但可以在幾秒鐘之內，使你的容貌完全改變！」血影掌笑著，「我的發明很多，包括可以使你在地球上消失無蹤的方法在內！」

高翔向門口退去。

但是他只退出一步，就被阻住了！

高翔勉力鎮定心神，道：「你敢在這裡害我麼？我在這裡，是誰都知道的，你怎敢在這裡對我下手？你……想和我同歸於盡？」

梅樂准將突然恨恨地道：「那自作聰明的上校，曾打電話給我，你以為木蘭花和你一樣，會查不出這一點來麼？她一定早已知道了！」

高翔勇敢地道：「那麼，你可以說一點機會也沒有了！」

梅樂桀桀地笑了起來，道：「高翔，我並不以為將話倒轉來說，有什麼幽默，沒有機會的是你，絕不是我和我的部下！」

高翔的態度已變得十分安詳了，他甚至聳了聳肩，因為他覺出，不論他的處境如何，梅樂既然已不得不暴露雙重身分，那便是屈居下風了！

是以，他的語調也不像剛才那樣地緊張了，他道：「如果照你所說，你的身分，木蘭花已經知道，我看不出你有什麼機會！」

梅樂又得意地笑了起來，他的手，突然在桌上一個紅色的掣上，按了一按，那張巨大的書桌，竟慢慢地向旁移了開去。

他一面笑著，一面道：「你以為我為什麼選中這裡建造我的辦公室？是因為這裡幽靜麼？告訴你，在這個山頭上，有一條天然的隧道，是通向海邊去的！」

高翔陡地吃了一驚，他連忙向前跨出了一步。

但是，他卻也只能向前跨出一步而已！

因為，就在他身形一動之際，他已然覺出，在他的身後，至少已有兩支槍指住了他的脊梁！

而梅樂更笑得前仰後合，道：「由這條隧道出去，到達海邊，一架水上飛機已在等待我們，我們可以自由離去，也可以帶著大批情報去投奔敵對國家。」

高翔喘著氣，他意識到這件事的嚴重性，他狠狠地罵道：「你……這個叛賊！」

梅樂毫不在乎地笑著，道：「隨便你怎麼說，我都沒有意見，我們的撤退本來就極為安全，但為了更安全起見，卻還要帶著你一起走！」

梅樂略停了一停，又道：「你大概早就知道我行事是十分小心的，現在你也可以知道我何以居於不敗之地了，有你和我一起在飛機上，會有什麼人來對付這架飛機？而飛達安全的地點，只需要兩小時，高先生，我已絕對安全了！」

高翔睜大了眼，他緊緊地握著拳。

在那一剎間，他真想不顧一切地向梅樂直撲過去！

但是，他和木蘭花在一起的時間久了，每當他在最危急的時候，他都會想一想：木蘭花在這樣的情形之下，是怎麼樣的呢？

當他一想及這一點的時候，他強抑著衝動，仍然兀立著。因為他知道木蘭花在這樣的情形下，是絕不會妄動的！

現在妄動的結果，一定是背後的幾支槍一齊發射，而令得他變成槍靶子。現在的時機不利，他必須等待有利的時機！

高翔的心中迅速地轉著念，這條通向海邊的隧道，不知有多少長，算它半小時可以到達海邊，再加上兩小時的飛機航程，那麼，他至少可以有兩小時半的時間，來等待有利於他的時機出現！

如果有利於他的機會始終不出現，那麼，對他來說，也是沒有什麼損失的，反正準備拼命了，總不會連拼命的機會也沒有的！

梅樂望著高翔緊握著的拳頭，冷笑著道：「高翔，你還是安分一些的好，你以為在如今這樣的情形下，我還會對你手下留情麼？」

高翔竭力忍著心頭的怒意，也冷冷地道：「你放心，我又不是傻子，而且，我也想看著你投奔了敵對國家之後，會有什麼好下場！」

梅樂並沒有再和高翔說什麼，他一揮手，頂在高翔身後的槍口，用力在高翔的背後碰了碰，將高翔撞得跌出了半步。

同時，在他的身後，傳來了一聲呼喝，道：「走！」

高翔來到了那張桌子移開之後所出現的那個洞前，向下看去，下面的光線很黑暗，但是也可以看出，那的確是一條天然的隧道。

但是，這條隧道多少也經過了人工的整理，因為可以看出有一連串陡峭的石階，是通向下面去的。

高翔只不過在洞口站了好幾秒鐘，他身後的軍官，已凶神惡煞也似地向他催了好幾次。高翔的面上始終帶著微笑，他一步步地向下走了下去。

在走下了約十碼左右，前面便是一條直去的通道，有時寬，有時窄，十分潮濕，高翔始終被推著，走在最前面。

但是，高翔也曾好幾次回頭，看看身後的情形，他的身後約有十個人，好幾個人是抬著箱子的，不消說，箱子中不是珍貴的物品，就是重要的情報了。

梅樂准將走在最後，不斷地在催促眾人快些。

由於高翔一直是走在最前面，所以他實在沒有任何反抗的機會，他只好不斷地向前走著，而在大約半小時之後，在隧道之中，已然可以聽到海潮聲了！

在隧道中聽來，海潮聲十分空洞，離海邊不太遠了！

高翔的心中不禁苦笑了起來，在隧道中，他得不到反抗的機會，在出了隧道之後，他是不是會有比較好的機會呢？

他無法預料，這時，他只好向前走著，終於，在轉過了一個彎之後，眼前突然出現了光亮，他已經看到隧道的出口處了！

直升機一升上空中，木蘭花和方局長通過無線電而取得了聯絡。

木蘭花第一句話便道：「方局長，快和最高當局報告，血影掌就是軍方的情報局長，梅樂准將！」

在聽到了木蘭花的話之後，方局長足足呆了十來秒鐘，才回答得上來，他道：「蘭花……你……的指控可有根據？」

「有，我不會弄錯的。」

「可是高翔已然去了他那裡了！」

「是的，我知道，我們現在在直升機上，飛向軍營，請你立即向最高當局報告，要在幾分鐘之內作好一切的佈置。」

方局長究竟是一個有應付突發之變的經驗的幹材，他立時道：「我知道了，我向最高方面報告，並且和軍方的統帥聯絡，說你即將到達軍營，我想等你到達的時候，軍方一定也有所準備了。」

木蘭花鬆了一口氣，和血影掌的鬥爭快結束了！

雖然，結果究竟是哪一方面勝利，仍屬不可知，但是這場鬥爭已到了最後的階段，這卻已是無可置疑的一件事了！

自從市立藝術院前的凶案起，一直到他們自那艘「商船」上脫險歸來為止，誰是血影掌，血影掌的真正身分是什麼，始終只是一個神秘的謎。

而正由於這個謎未曾揭開，是以木蘭花處處被動，可以說毫無反擊的餘地，但是現在，卻大不相同，她已經知道了對方的底細！

直升機從警局飛到軍營的上空，只不過需要五分鐘，一到了軍營上空，他們三人向下看去，只看到軍營內，亂成了一片。

軍隊顯然正在進行著緊急的調動，許多軍人自營房之中奔出來，集合之後，又向一個林木蓊鬱的山頭，齊步奔了過去。

木蘭花操縱著直升機，在軍營的上空，盤旋了一周之後，便發現在一幅空地之上，一名軍官正在向直升機打著旗號。

穆秀珍也在這時，將那軍官所打的旗語，一個字一個字地讀了出來，道：「在這——裡——降——落。蘭花姐，方局長已聯絡好了！」

直升機迅速地向下降落，等到直升機停定之後，一輛吉普車也迅速地向前駛了過來，不等木蘭花等三人下機，車中已跳出了一個滿頭銀髮的將軍來。

那竟是總參謀長！

總參謀長是舉世聞名的將軍，他下了車，抬頭向上望著，木蘭花，穆秀珍和雲四風等三人，迅速地由直升機上跳了下來。

總參謀長立點迎了上來，道：「三位，這裡的一切，由我親自指揮，我們現在已調集最精銳的部隊，在向情報局機密辦公室推進！」

「那辦公室是在山上？」木蘭花問。

「是的！」

「參謀總長，軍方何以毫不懷疑便接受了我的推測？」木蘭花實在心中不能無疑，因為在她的預料之中，是包括軍方根本不信的可能在內的。

「事實上，」總參謀長沉聲道：「七年前的案子雖然不了了之，但是高階層方面的懷疑一直未曾停止，只不過未曾有具體的資料而已！」

木蘭花回頭望了一眼，只見有更多的軍隊，向那片山頭奔去，木蘭花焦急地道：「總長，請你不要下攻擊的命令。」

「為什麼？」

「警方的高級人員高翔，一定是和梅樂在一起。」

總參謀長心情沉重地點著頭，道：「是的，我已經知道，高翔一到軍營，就被梅樂的幾個親信，接到他的秘密辦公室去了。」

「所以，為了顧及高翔的安全，請不要下軍攻令！」木蘭花要求著，「而我們三人卻可以攀上山，用偷襲的方式攻進去。」

「你們三個人？」總參謀長用懷疑的眼光望著他們。

「是的，我們三人！」他們三人齊聲回答。

總參謀並沒有多做猶豫，他道：「好的，你們可以跟我來，如果你們認為由你們三人去偷襲更好些，我可以批准你們！」

木蘭花高興地笑了起來，穆秀珍則已忍不住高聲呼叫了起來，他們三人和總參謀長一起上了吉普車，向前疾駛而出。

轉眼之間，便已到了那個山頭之下，兩名校級軍官奔向前來，立正，敬禮，道：「報告，對山頭的包圍已經完成！」

總參謀長抬頭向上望去，那山頭上的樹木十分濃密，是以根本看不見什麼房子，他道：「梅樂和他的親信已然是甕中之鱉了！」

他轉過頭來，若有深意地望了木蘭花一眼，又道：「可是，伸手去捉甕中之鱉，也得小心，不然一定仍會給鱉咬上一口的。」

木蘭花、穆秀珍和雲四風三人，已經下了車，木蘭花道：「我知道，將軍，請你派一小隊軍隊掩護我們，但如果我們未遇到狙擊，請軍隊不要開火。」

「可以的。」總參謀長爽快地答應了木蘭花的要求。

木蘭花等三人，每人都在一位軍官的手中，接過一柄手提機槍，穆秀珍並且還在腰際佩上了四枚手榴彈，他們三人，向上山的路衝了上去。

在他們的身後，約十五碼處則是一小隊軍隊。

山路的兩旁全是林木，如果兩旁藏著敵人的話，那是十分難以覺察的，這也更增加了木蘭花三人向上衝去的危險性。

然而，他們三人卻絕不退縮，勇往直前，等到他們已可以看到那幢洋房之際，他們才伏了下來，仔細地向前觀察著。

這時，在他們身後，帶隊的軍官伏著身，奔到了他們的近前，將一具望遠鏡遞給了木蘭花，道：「屋子好像是空的！」

木蘭花接過了望遠鏡，向前看去。

前面靜悄悄地，一點動靜也沒有，看來屋子真像是空的一樣。木蘭花問道：「通常，在這裡辦公的，大約有多少人？」

「不多，」那軍官回答，「大約十來人。山下是有崗哨的，據我所知，這裡也有崗哨，但現在都不見了，可能撤進了屋中。」

穆秀珍道：「他們要在屋中頑抗！」

木蘭花緩緩地搖了搖頭，道：「他們要在屋中頑抗的可能性不大，因為這是絕不可能勝利的事，血影掌怎會做這樣的蠢事？」

「那麼，他們走了？」雲四風問。

「有這個可能。」

「不，那是不可能的，」那軍官連忙否定道：「山頭的四面全被圍住了，又未曾看到有什麼飛機起飛，他們一定還在，劫持人質，準備頑抗！」

木蘭花沉聲道：「好，那麼我們仍照原議行事吧！」

她話一說完，身子彈起，又以一百公尺賽跑的速度，向前奔了過去，穆秀珍和雲四風跟在她的身後，而那軍官也揮手令軍隊前進。

等到木蘭花三人來到了離那幢房子約有十來碼之際，他們又一起在一叢矮木之後伏了下來，向前面看著，屋子中仍是一點動靜也沒沒。

穆秀珍低聲問道：「要不要拋一枚手榴彈去試試？」

「別亂動！」木蘭花連忙喝阻，「高翔在他們手中！」

穆秀珍伸了伸舌頭，不敢再說什麼。

木蘭花回頭看去，看到那軍官已經指揮著軍隊，將屋子包圍了起來，木蘭花藉著矮樹的掩護，向前奔著，繞到了屋後。

然後，她接連幾個跳躍，已然來到了牆跟前！

她提起槍柄來「卡」地一聲，打碎了玻璃，閃身便跳了進去，她才一跳進去，穆秀珍和雲四風兩人也已跟了進來。

他們是跳進了一間會客室之中，但是卻空無一人，他們又衝了出去，不到十分鐘間，他們已找遍了每一個房間，但是卻一個人也沒有！

這是一幢空房子！

雲四風奔到了門口，向包圍屋子的軍隊示意，那軍官帶著半隊士兵衝了進來，再進行仔細的搜索，並且立即向山下的總參謀長報告。

不到十分鐘，總參謀長帶著大批軍隊上了山，當發現屋子的確是空無一人的時候，他下令進行全山搜索，並對梅樂進行喊話。

而木蘭花則背負著雙手，在梅樂的辦公室中踱來踱去。她不信梅樂和他的親信還會匿藏在這個山頭之中，正如她剛才不信梅樂會據屋頑抗一樣。

但是，他們到哪裡去了呢？這是最傷腦筋的事情了！

如果不是高翔在梅樂的手中，那麼，梅樂的叛賊身分已經暴露，木蘭花也可以算是大獲全勝了。但是高翔卻還在他的手中！

他到什麼地方去了呢？他可能到什麼地方去？

他絕不是一個人，除了高翔之外，他至少應該還有七八個親信，那麼，總共十個人，到什麼地方去了？

他們是從這裡離去的，還是早已不在這裡了？

木蘭花的雙眉越蹙越緊，她不住地來回踱著，低著頭，苦苦地思索著，可是，卻一點頭緒也沒有，突然間，她停了下來。

而在她停了下來後，她立即又向下蹲了下來。

在一旁的穆秀珍一見這等情形，便吃了一驚，道：「蘭花姐，你做什麼？可是肚子痛麼？」

木蘭花仍然蹲在地上道：「秀珍，你來看！」

穆秀珍知道木蘭花一定是發現了什麼，她連忙走了過去，也蹲了下來，木蘭花的手指，正指著擦得十分光亮的地板。

而在地板上，有著看來像是用極細的針畫出來的幾個字，那幾個字十分潦草，但是仔細看去，還是可以看得出來的。

穆秀珍看了一眼，便道：「蘭花姐，這是高翔留下來的，你看，他寫著隧道……海邊……書桌六個字，他們是由隧道走的。」

木蘭花霍地站了起來，道：「而隧道是近書桌的。」

雲四風也已湊了這來，他又忙道：「隧道是通向海邊的！」

木蘭花站了起來之後，已然雙手連按，不斷地按著桌上的控制鈕，她終於按到了那個使書桌移動的控制鈕，書桌向旁移了開去。

在房間中的幾個軍官，也發出了一聲驚呼，總參謀長立時趕到現場，木蘭花忙道：「總參謀長，快調飛機去海邊，這隧道是通向海邊的。」

總參謀長立時轉身，道：「調集水上飛機，向海岸進發！蘭花小姐，我們的人，可是循著這條隧道，追趕下去麼？」

木蘭花沉聲道：「那還是讓我們三人來好！」

事實上，當她這句話出口之際，雲四風和穆秀珍兩人早已沿著石級向下而去了，木蘭花也急忙跟了下去，他們用盡可能快的速度在隧道中奔跑著。

他們通過隧道的時間，遠比高翔和梅樂准將等一行人通過隧道的時間來得短，但是，高翔等一行人卻比他們早許多時候進入隧道。

當木蘭花發現高翔以鞋跟後面的釘子，畫在地板上的字跡，因而發現了隧道，知道了血影掌和高翔的去向之際，高翔已然看到隧道的出口處了！

隧道的出口處十分狹窄，剛好只可以供一個人通過，高翔走在最前面，他已然可以由隧道的出口看到外面了。

隧道是直通海邊的，外面，海水撞擊在嶙峋的怪石上，濺起老高的白花來，高翔也看到，有兩艘快艇停在一塊大石之旁。

而在一百碼之外，則是一架水上飛機！

高翔仔細傾聽著，如果木蘭花已經追尋到了軍營，找到了梅樂的辦公室的話，那麼，他利用鞋跟上的尖釘，在光滑的地板上畫出的字，木蘭花一定也是應該看到的了！

木蘭花看到了自己留下的那六個字，她自然會找到隧道的。

可是，問題就在於：她能不能及時追到！

如今，隧道中仍是一點動靜也沒有，看情形不像是木蘭花已然率眾追了出來，那麼，自己就必須為一切可能尋找機會了！

高翔一面在迅速地轉著念，一面仍然向外走去，他已經來到了那狹窄的出口處了，這時，他的心中陡地動了一動！

出口處是如此之窄，只可以供一個人走出去，若是他一走出去，立時打橫跨出一步的話，那麼，背後的人是無法射中他的！

這實在是他脫身的極好機會！

高翔的心頭怦怦地跳了起來，他已然有了脫身的計劃，但是他卻不再向前走，反倒停了下來。

他一停，在他身後的人連忙用槍口撞他，道：「走，快走！」

高翔回過頭來，道：「前面沒有去路了！」

身後的軍官怒道：「你跨出去，自然有路可以到達海邊的，你若不走，我就開槍，用子彈將你送出去，還不快走？」

高翔一挺身道：「走就走。」

他當真說走就走，接連向外連跨了兩步！

那兩步一跨出，他已到了隧道之外，而他一到了隧道外，立時又打橫跨出了一步，他的身形，在隧道中的人看來，變得突然消失了！

在高翔身後的那兩個軍官怒喝了一聲，立時扳動了槍機，手提機槍驚心動魄的呼嘯聲，在隧道中聽來，格外令人心驚！

而高翔對於隧道口外的情形，並不是十分熟悉，他一打橫跨出之後，一腳竟踏了個空，身子已向下直落了下去！

自隧道中射出來的子彈，當然未曾射中高翔。

但就在高翔向下落去之際，那兩艘快艇上，也傳來了密集的槍聲，子彈呼嘯著向高翔射了過來。

高翔在一腳踏空之際，心中不免大吃了一驚，但這時，他倒反而感謝那一腳踏空了。因為，如果此時他不是身子在向下跌去的話，自隧道射出的子彈雖然射不中他，但是自快艇上射來的子彈，他卻一定逃不過去的了！

然而這時，他卻在向下落去，子彈在他的頭頂之上呼嘯著掠過，射在岩石下，將石塊激得如雨而下，有好幾塊打在高翔的頭上。

從隧道口到海面只不過五六碼，高翔的身子迅速下墜，轉眼間，便「撲通」一聲，跌入了海中，他一跌進了海中，立時向下沉了下去。

就在他將要完全沉向海中的一剎那間，他聽到隧道之中又響起了一陣槍聲，聽來十分沉悶，是從隧道中響起的。

高翔的身子完全沒入海中之後，那兩個軍官才趕出隧道來，大聲道：「別開槍了，人呢？」

快艇上有人答道：「跳下海了！」

梅樂准將也像瘋了似地趕了出來，道：「快，別管他了，已有人追來了，我們快上快艇，誰的動作遲緩，那是在自尋死路！」

他自己三步併作兩步地跳下幾塊大石，來到了快艇的邊上，跳上快艇，他帶的那幾個軍官，也紛紛跳上了快艇。

高翔在落水之前所聽到的那一陣槍聲，是穆秀珍發出來的，而穆秀珍則是在聽到了那個軍官的槍聲之後才發射的。

穆秀珍的槍聲，使梅樂准將知道，隧道中已有了追兵，在那樣的情形下，他自然顧不得去搜索高翔，而是先上飛機要緊了！

而穆秀珍在盲目地向前掃出了一排子彈之後，他們三人在黑暗的隧道中不斷地向前奔著，等到他們可以看到隧道口的時候，他們同時也聽到了飛機引擎發動的「軋軋」聲。

穆秀珍奔在最前面，她一到了隧道口上，身子便伏了下來，這時，那架水上飛機正在水面之上盤旋著，開始向上升去。

穆秀珍立時舉起了手提機槍。

但是在她身後的雲四風和木蘭花兩人卻同聲喝阻，道：「別開槍！」

穆秀珍急道：「為什麼不？它一起飛，就飛出射程之外了！」

「秀珍，」雲四風急叫道：「高翔在機上啊！」

穆秀珍仍然舉槍對準了水上飛機，她緊緊地咬著牙，眼看著那水上飛機，在水面上轉了幾個圈子之後，迅速地升離了水面。

也就在此際，穆秀珍突然聽得海面上，傳來了高翔的聲音，叫道：「秀珍，快開槍！」

穆秀珍的手指早就緊緊地扳在槍機之上，她聽到了高翔的聲音，向下看了一眼，只看到高翔正攀上了一塊大石。

她立時手指再緊，機槍的槍身劇烈地抖動了起來，火舌自槍口不斷地冒出，槍聲震人心弦，子彈發出銳厲的嘶空聲向前射去。

水上飛機在槍聲一起間，突然升高了許多，但是，它卻無法在那一剎間飛出射程之外，就在它升高了幾十呎間，手提機槍的子彈已在機身上添了數十個彈孔，子彈也終於射中了油箱！

穆秀珍突然鬆了手，在穆秀珍鬆手之後，半空中所發生的事，實在是使人畢生難忘的，那艘水上飛機，像是百分之一秒內突然被烈火吞噬了。

接著，便是接連兩三下震耳欲聾的巨響，那一大團烈火化成了六七團，四下飛射了開來。

在烈火迸射開來的時候，可以看到人的肢骸，和飛機的殘骸，一起跌進了海中，海面上也起火了，那架水上飛機當然也從此消失不見了。

高翔喘著氣，沿著岩石攀了上來，雲四風連忙將自己的上衣脫了下來：穿在他的身上，他們四人都一聲不出，望著海面熊熊燃燒的火燄。

一個星期之後，木蘭花、穆秀珍、雲四風和高翔四人，一起在總參謀長的辦公室中，參加了一項隆重的授動儀式。

他們四人，都獲得了一枚榮譽極高的勳章，而平民獲得此類勳章的，到目前為止，還只有他們四人。

這是一種殊榮，是以當他們離開總參謀長的辦公室之際，穆秀珍不斷地撫摸著胸前亮晶晶的勳章，笑逐顏開道：「蘭花姐，你看我可神氣？」

木蘭花笑道：「當然神氣，被人綁在鐵板上，怎會不神氣？」

穆秀珍笑了起來，道：「可是我們卻得到了最後勝利！」

木蘭花喃喃地道：「最後勝利，最後勝利？」

只有身歷其境的高翔、穆秀珍和雲四風三人，才知道木蘭花此時的心情：最後勝利，得來是如此不易，經歷了幾許艱難啊！

請續看《木蘭花傳奇》14 鑽石局

倪匡奇情作品集

木蘭花傳奇 13 黃金劫（含：黃金柱、血影）

作　者：倪匡
發行人：陳曉林
出版所：風雲時代出版股份有限公司
地址：10576台北市民生東路五段178號7樓之3
電話：(02) 2756-0949
傳真：(02) 2765-3799
執行主編：朱墨菲
美術設計：許惠芳
業務總監：張瑋鳳
出版日期：2023年12月
版權授權：倪匡
ISBN ：978-626-7369-07-4
風雲書網：http://www.eastbooks.com.tw
官方部落格：http://eastbooks.pixnet.net/blog
Facebook：http://www.facebook.com/h7560949
E-mail：h7560949@ms15.hinet.net
劃撥帳號：12043291
戶名：風雲時代出版股份有限公司

風雲發行所：33373桃園市龜山區公西村2鄰復興街304巷96號
電話：(03) 318-1378　　　傳真：(03) 318-1378
法律顧問：永然法律事務所 李永然律師
　　　　　北辰著作權事務所 蕭雄淋律師

行政院新聞局局版台業字第3595號 營利事業統一編號22759935

定價：299元　

國家圖書館出版品預行編目資料

黃金劫／倪匡 著. -- 臺北市：風雲時代出版股份有限公司, 2023.10, 面； 公分.（木蘭花傳奇；13）

ISBN : 978-626-7369-07-4（平裝）

857.7　　　　112015063